新潮文庫

不終の怪談

文豪とアルケミスト ノベライズ

case 小泉八雲

矢野　隆著

新潮社版

11261

どこかの時点で違う歴史を歩み始めた日本。
近代風情《ふぜい》が長く続くこの世界では、
多様な思想を生み出す文学書が人々に個性と意志を与えてきた。

しかし――
突如、文学書が全項黒く染まってしまう異常現象が発生、
次第にそれらの文学書は、
最初から無かったかのように人々の記憶からも奪われ始める。

それは負の感情から生まれた
「本の中の世界を破壊する侵蝕者」
によりもたらされた災禍だった。

それに対処するべく、
特殊能力者〝アルケミスト〟と呼ばれる者が
国の図書の全《すべ》てを扱う国定図書館に派遣された。
彼らは特務司書として文学書を守るため、
文学の持つ力を知る文豪を転生、
彼らの力を使い侵蝕者達を追伐する。

目次

小泉八雲

代表作『日本雑録』『骨董《こっとう》』
『怪談』

異国からはるばる日本へやってきた異色の文豪で片言な日本語の中に時代錯誤な表現が混ざる。来日した時の名前はラフカディオ・ハーンだが、古くからの友人は彼を親しみを込めてヘルン先生と呼ぶ。常に穏やかな笑みを浮かべる紳士だが、実はとてもおちゃめで、得意の怪談話で皆の怖がる顔を見ることが大好き。

中島敦

代表作『山月記』『光と風と夢』
『李陵《りりょう》』

表と裏の二つの人格を持つ青年。表の人格は礼儀正しい実直な青年だが、羞恥心《しゅうちしん》が強く他人の反応をいつも気にしているようだ。一方で、侵蝕者《しんしょくしゃ》との戦闘時に現れる裏の人格は自尊心の高さと悪も厭《いと》わない冷酷さを併せ持つ。裏人格の時の記憶はあやふやだが、裏人格はもう一人の自分のことを知り尽くしているようだ。

江戸川乱歩

代表作 『D坂の殺人事件』『怪人二十面相』

変わり者で何事においても少数派の思想を持ち、多数決で決まる常識を嫌う謎《なぞ》に満ちた小説家。生粋のエンターテイナーで常に人々が求める物を考えるが、それが人としてどうかという倫理性にはあまり関心がないようだ。趣味はひとり旅と悪意のないちょっとした悪戯《いたずら》、新しいトリックや敵の倒し方を考案すること。

泉鏡花

代表作 『高野聖《こうやひじり》』『婦系図《おんなけいず》』

派閥 尾崎一門

落ち着いた外見とは裏腹に強気で相当な潔癖症。清潔な手袋を常に身に着け、素手で物を触ることを避ける。食事においても一度火を通したものをもう一度火に通さないと気がすまないようだ。師匠である尾崎紅葉に対して忠誠を誓っており、彼を批判するものは誰であろうと許さない。趣味はうさぎグッズを集めること。

徳田秋声

代表作 『黴《かび》』『縮図』『あらくれ』

派閥 尾崎一門

努力家で誰よりも努力していることは確かだが、如何《いかん》せん目立たず存在感が薄いことは否《いな》めない。それを気にしているのか性格はひねくれ者であまのじゃく。同郷の兄弟子である泉鏡花からも振り回されていた他、師匠の尾崎紅葉にも一度入門を断られていたらしく、その苦労性は天性のもののようだ。

不終《おわらず》の怪談
【文豪とアルケミスト ノベライズ】
case 小泉八雲
Bungo and Alchemist Novelizations
case Yakumo Koizumi
Endless Ghost Stories

序

白い……。

白い白い白い。

指……。

指指指。

蛇……。

一匹二匹三匹。

違う……。

腕だ。

一本二本三本。

視《み》えない。

なにも視えない。

いや見えてはいるのだ。

漆黒の闇《やみ》のなかに無数の腕だけが。

浮遊するワタシの体を静寂の底へと引《ひ》き摺《ず》り込もうとするように、腕の群れが闇から伸びて衣をつかもうともがいている。それはまるで茎から花弁にいたるまで全《すべ》てが白色に染まった華のようだった。

冷たい常闇《とこやみ》に誘われようとしているのに、ワタシはそれを美しいと思っている。誘われゆくその先が、久遠《くおん》の安息であることを、ワタシは心のどこかで識《し》っていた。このまされるがままに、蠢《うごめ》く純白の花弁に囚《とら》われてしまえば良いのにと思っているくせに、なぜだかワタシはもがいている。闇の底から伸びる腕とは比べるべくもない醜い四肢を、浅ましいほどバタバタと動かしながら、引き摺り込まれまいと必死に抗《あらが》っている。

そう……。

ワタシの四肢。

あぁ……。

天を掻《か》くワタシの手は……。

黒く染まっていた。

〝侵蝕《しんしょく》〟。

ワタシは侵蝕されている……。

＊

「なっ、なんですか、これはっ！」

口にしたすべてのお茶をやっとのことで呑《の》み終え、中島敦《なかじまあつし》が叫んだ。

「ちょっと、飲んじゃったじゃないですか！」

苦しそうに咳込《せきこ》みつつ、テーブルを挟んで眼前に座る男に糾弾の視線を送った。

白いシルクハットをかぶった男は、やわらかい笑みを口許《くちもと》に浮かべながら左目だけしかないメガネの縁を中指で押し上げる。平然とした男の態度に不満をあらわにして、敦が詰め寄った。

「塩……。入れましたよね？」

「フフフ、バレましたか」

「なんてことするんですか、乱歩《らんぽ》さんっ！」

乱歩すなわち江戸川《えどがわ》乱歩は、うれしそうに声をあげて笑った。そして顎《あご》に手をあて、しげしげと敦を見つめる。

「やはりこの程度の怒らせ方じゃ〝彼〟は顕《あらわ》れてくれませんか」

「なに言ってるんですか」

「いえいえ」

ふたたび笑みを口許にたたえてから、乱歩は敦にやさしく語りかける。

「どうして人はお茶やコーヒーのように苦い物を喜んで呑むんでしょうね？　苦かったら砂糖を入れればいいのに。現にコーヒーには砂糖を入れますね。でも、お茶には入れない。お茶の苦味のなかに甘味を感じるなどと言いますが、やはり苦い」

立て板に水のごとくに語る乱歩は、さながら彼の小説に出てくる名探偵のようであった。

江戸川乱歩といえば大正昭和を代表する推理作家である。大衆小説をこよなく愛し、大人向けの怪奇物や本格ミステリーから、子供向けの冒険小説、名探偵物などを数多く残した人気作家だ。

文豪として転生した乱歩は、彼の著作の世界観から抜け出してきた奇術師のようである。彼の左手にはブレスレットがあり、これには自身のペンネームの由来ともなり敬愛してやまなかったというアメリカの作家、エドガー・アラン・ポーの頭文字が記されていた。

乱歩は楽しそうに敦に問う。

「苦いのならば、どうして砂糖を入れないのでしょうね？」

「乱歩さんが入れたのは塩じゃないですか」

「砂糖だったら下手をすればそのまま呑んでしまうかもしれないじゃないですか。でも塩はそうは行かない。苦さと塩っ辛さの相性は最悪ですからね」

「なにを他人事《ひとごと》みたいに言ってるんですか」

「はい。呑んだのは貴方《あなた》です。ワタクシにとっては他人事ですから」

「あなたが塩を入れたんでしょう！」

煙に巻くような乱歩の言葉に、敦がますます声を大きくした。

漢学者が多い家系に生まれ、父も漢文教師だったという敦は、生前は自身も教師として働くかたわら小説を書いていた。そんな彼は実直で誠実である。そのため乱歩の悪戯《いたずら》を、真正面から受け止めて怒りを露《あら》わにしている。

敦は深田《ふかだ》久弥《きゅうや》の推薦で文壇デビューを果たすが、同年、気管支喘息《ぜんそく》の悪化のため三十三歳の若さで死去。彼の死後、遺稿として発表された『李陵《りりょう》』などによって注目を浴びた。

「まったく、悪ふざけにも程があります」

珍しく感情を露わにしている敦を、乱歩は嬉《うれ》しそうにますます破顔しながら見つめる。

白い手袋におおわれた右手の人差指を突き出して、乱歩が敦に言葉を投げた。

「こういうことは執筆に大事なのですよ。物を口にする時、人はまず目で見ます。そしてそれがなんであるかを確認し、飲食しても大丈夫な物だと判断した時、はじめて口にするのです。この時、脳内では過去の情報から類推した味を思い描きます。アナタの脳は、目の前の茶碗《ちゃわん》に入った緑色の澄んだ液体をお茶だと判断した。そしてこれまで呑んだお茶の味を夢想した」

　しかしです、と言って乱歩はわずかに声を上ずらせてから続けた。

「アナタがいま呑んだお茶は、これまで呑んだどのお茶の味とも違った。それどころか大変、不味《まず》かった。そこで一瞬、脳が混乱し、なんだこれは？と考えた。だからアナタはそれを口にした刹那《せつな》、わずかに固まったのです。しかし平静を取り戻した脳は、今度は異物を吐き出すように体に命令を下した。そしてアナタは噎《む》せたのです。噎せた後、舌が感じた味を脳は分析します。そして感じた塩っ辛さとワタクシが目の前にいることを考慮し、ワタクシが塩を入れたのだと判断した。糾弾の言葉を吐くまでの間に、アナタの表情は万華鏡《まんげきょう》のようにクルクルと変わった。あなたの反応のおかげで、塩を入れられたお茶を呑んだ時、人がどういう反応をするのかをリアルに描くことができるようになりました。礼を言います」

「お茶に塩を入れられた人を描くなんて、どんな小説ですかっ！って言うか、礼を言うより前に謝ってくださいっ！」

　いっこうに怒りが収まらぬ敦は、長々と講釈を垂れた乱歩に言ってから、白色のフキンが置かれた円卓にメガネを置き、うっすらと瞼《まぶた》に滲《にじ》んでいた涙をぬぐった。悪戯が悔しくて泣いたわけではない。塩の量があまりにも多かったために、喉《のど》がヒリヒリして出た涙だ。

「もしかして……泣いています？」

「そんなわけないでしょう！」

「そんなに気を悪くするとは思わなかったのです」

「本当にもう」

つぶやいた敦は、拭《ふ》き終えたメガネを掛けてから、みずからが噴き出したお茶の飛沫《しぶき》で濡れた円卓の上の蒼《あお》い本に手を伸ばし丹念に拭きはじめる。

この本こそ中島敦だ。

文豪、中島敦は現世に転生している。本当の肉体はすでにこの世にない。

数多《あまた》の文学書の存在によって、多様な思想を生み、それが人々に個性と意思を与え世界を支えている。そんな世の中で、文豪たちが生み出す書籍たちは、人類にとってかけがえのない財産だった。しかし現在、そんな書籍が黒色に染まるという事件が多発している。完全に黒色に染まった書は、この世から完全に忘れ去られ、その存在が世界から消えてしまうのだ。

書籍が黒色に染まる一連の怪異を、人々は侵蝕と名付けた。

この事態を憂慮した日本政府は、国のすべての図書を扱う帝國《ていこく》図書館に錬金術師《アルケミスト》と呼ばれる特殊能力者たちを派遣した。彼等は侵蝕に対抗するため、文学の力を知る文豪たちを転生させる。侵蝕によって黒色に染まり始めた本のなかに文豪たちを〝潜書〟させ、侵蝕の根源である〝侵蝕者〟たちを殲滅《せんめつ》し浄化させるという方法で、事態を打開しようと試みた。

敦も乱歩も、帝國図書館所属のアルケミストの力で現世に転生した文豪なのである。彼らは一冊の本を依《よ》り代《しろ》にして現世に留まっていた。そのため一人一人、違う本を傍らに抱いている。中島の本が蒼色ならば、乱歩のそれは黒色であった。

まだ怒りがおさまらぬといった様子で丁寧に本を拭く敦を、乱歩がにこやかに見つめる。

帝國図書館内にある食堂であった。図書館とはいえ、国を揺るがす侵蝕事件解決の最前線であるここには、多くのアルケミストと文豪が暮らしている。彼等のために食堂や補修室なども完備されていた。

多くのテーブルが並ぶ食堂に、円卓を挟むようにして座る二人以外に人はいない。いや、先刻まではたしかに敦と乱歩だけであった。だが二人が他愛もないやり取りに終始している間に、気配を悟られることなく円卓に近付いたひとつの人影があった。

「まったく、あなたたちは朝からいったいなにをしているんですか」

とつぜん頭上から降ってきた冴《さ》え冴《ざ》えとした声に、敦が咄嗟《とっさ》に顔をあげる。乱歩のほうはにこやかな笑みを崩すことなく、己に呆《あき》れた視線をなげる男を、ゆっくりと見上げた。

「鏡花《きょうか》さん」

それまでの怒った口調から一変、声に喜色をにじませて敦が男の名を呼んだ。

泉《いずみ》鏡花。

彼もまた現世に転生した文豪の一人である。

十七歳で上京し、尾《お》崎《ざき》紅葉《こうよう》の門下となり『冠弥左衛門《かんむりやざえもん》』の連載で文壇デビューを果たした鏡花は、『高野聖《こうやひじり》』や『外科室』など数多くの代表作を持つ作家であった。六十五歳で没するまで多くの作品を発表し続けた鏡花は、幻想やロマンティシズム、怪奇的な作風によって名を成した。

「いつから見てたんですか？」

にやけ面《づら》で乱歩が問う。冷たい視線をシルクハットの男にむけたまま、鏡花が淡々と答える。

「あなたが中島さんのお茶に塩を入れるところからです」

「おやおや」

乱歩が肩をすくめる。

「天気の話を振って中島さんの目を窓外にむけておき、袖《そで》のなかに隠していた塩を窓外を指さす手から茶碗に注ぎこみましたね？　まったくあなたという人は、手妻遣《てづまつか》いのような真似《まね》をする」

「見ていらっしゃったのなら、呑む前に言ってくださればよかったじゃないですか」

垂れた前髪を指先でもてあそびながら、敦が鏡花に小声で告げる。敦は鏡花を尊敬していた。著作も一冊漏らさず読破している。

「未然に防いで恨みを買われても困りますからね。他愛もない悪戯を仕掛けられるなど不愉快極まりないですから」

「私は身代わりですか」

「そもそも中島さんが仕掛けられようとしていたのです。身代わりではありません」

きっぱりと言い切った鏡花に、敦は二の句が継げなかった。

「座りませんか？」

鏡花の前にある椅子《いす》を白い手袋をはめた手で指示して乱歩が言った。鏡花は目をつぶり、ちいさな溜息《ためいき》をひとつ吐いてから示された椅子に音もなく座る。

乱歩がひらりと黒いマントをひるがえすと、新しい茶碗が右手に握られていた。微笑を浮かべながら、乱歩はそれを鏡花の前に置いた。

「彼のお茶を新しい物に交換していただけませんか」

鏡花が乱歩に言うと、敦が嬉しそうに笑う。

「ありがとうございます」

「塩が入ったお茶が案外美味《おい》しかったと言うのなら、余計なことをしたと謝りますが」

「いいえ、呑めた物じゃありませんよ」

「どうですかアナタもひと口？」

二人の会話に割って入った乱歩に、鏡花が溜息混じりに、遠慮しておきますとだけ答える。それを聞いてうなずいた乱歩は、再びマントをひるがえして、敦の前に新しいお茶を置いた。敦はゆっくりと碗の縁に口を付ける。

「美味しい」

しみじみとつぶやいた敦を横目で見てから、鏡花が乱歩に目を移す。

「いつ何時、有碍書《ゆうがいしょ》が発見され潜書することになるか解《わか》らないのです。体調には十分気をつけなければなりませんよ」

「わかってますよ」

「だったら……」

抗弁しようとした敦を、鏡花が細くしなやかな指先をした掌《て》で制した。

「言っても無駄です」

鏡花の言葉を聞いた乱歩が、左目にかかるメガネを手袋に包まれた指先で押し上げた。

「いつ何時、有碍書が見つかってもワタクシは常に万全の態勢を整えていますから、ご心配なく」

「だったら、中島さんの体調にも、もう少し気を使ってもらいたいですね」

「体調を崩すほどの塩を入れたつもりはありませんが」

「余人の心を乱すような真似は慎んだほうがいいと言っているんです」

「心が乱れるからこそ、小説は生まれるのではないですか？　鬱屈《うっくつ》した想《おも》い、どうしても書かなければならないという衝動。怒り、悲しみ、憂《うれ》い……。心が乱れれば乱れるほど、小説はより高みに上って行く。痛みを知らない者には、小説は書けません」

「お茶に塩を入れることは、それほど大それたことではないと思いますが」

「体調を崩すほどの塩を入れたつもりはないとワタクシが言った時、アナタが心を乱すと言ったんですよ」

「乱れるとは言いいましたが、小説に影響するほどのことではありません」

「心の乱れに大きいも小さいもありませんよ。傍目から見れば大したことがないことでも、当人にとっては人生を左右するほどの一大事であることなど、この世にはいくらでもあるのです。今日飲んだお茶のせいで中島さんの人生が百八十度変わることがあるかもしれません」

「ありませんよ！　というか、ふたりとも下らないことで喧嘩《けんか》するのは止《や》めてください！」

「下らないこと？」

　鏡花が右の眉尻《まゆじり》を吊《つ》り上げる。

「軽い悪戯だと思って、あなたみたいに優しく注意していると、相手を付け上がらせるだけですよ」

「す、すみません……。あ、ありがとうございました、私のために」

「僕に謝らなくて結構です。もっと毅然とした態度をとりなさい」

　少し不機嫌そうな鏡花を見て敦がうつむいたその時、食堂の扉が音を立てて開かれた。廊下に立っていた男が、ふらつきながら食堂に入ってくる。何事かと三人が男に視線を送った。

「どうしたんですか、八雲《やくも》さん」

　男の名を呼んだのは鏡花だった。

　小泉《こいずみ》八雲。

　イギリス領レフカダ島で生まれた異国人でありながら来日し、日本の文化に魅了された文豪である。異国での名はパトリック・ラフカディオ・ハーンと言った。アメリカでジャーナリストとして活動していたなかで日本の文化を知り、四十になるころに来日。英語教師として働きながら執筆にいそしんだ。

　彼もまた転生を果たしている。

いまにも転びそうなおぼつかない足取りで、和装の八雲が三人の元へとたどり着いた。円卓に両手をつき、肩で息をしながら八雲がつぶやく。

「夢を視マシタ」

ただごとではない八雲の気配に鏡花と敦が息を呑む。そんななかで乱歩だけが、瞳《ひとみ》を輝かせ嬉々《きき》とした様子で八雲を見つめている。

あまりの八雲の動揺ぶりに、先刻までのことなど三人はすでに忘れていた。

「どんな夢です？」

澄んだ音色をした声で鏡花が問うと、八雲は己の手を見つめた。

「暗かった……。ワタシは闇のなかに浮かんでマシタ。真っ白な手が、ワタシを闇の底に引き摺り込もうとしていマス。ワタシの手は……」

言って八雲が両手を掲げる。

「真っ黒に染まっていマシタ」

左目に付けた八雲の眼帯が震えている。彼は少年時代、遊んでいる時に左目を負傷し失明していた。

「八雲さんは転生してから日が浅い。精神がまだ安定していないのかもしれません」

「どうですか？　体や心に異変はありませんか？　体の動きが鈍いとか、心のなかに別の誰かがいるような気がするとか」

言った乱歩が、ちらりと敦を見た。

「大丈夫デス」

虚空《こくう》を見つめ八雲が答える。

「でも心配ですね」

敦がつぶやいてから、八雲に語りかける。

「不安定なまま潜書するなんてことになったら、八雲さんの体が保《も》つかどうか」

「アナタはいつも不安定じゃありませんか」

「茶々を入れるのはやめてください、乱歩さん」

「中島さんの言うとおりです。少しは緊張というものを覚えたらどうです？」

「緊張すると体も心も硬くなりますよ。硬くなると、いざという時、適切な判断ができなくなる」

鏡花の問いに平然と言って、乱歩がなにかに気付いたように開け放たれたままの扉に目をやる。それまで誰もいなかった乱歩の視線の先に、廊下を駆けてくる徳田秋声《とくだしゅうせい》が姿を現した。

彼もまた転生した文豪の一人だ。

尾崎紅葉門下であり、鏡花の弟子にあたる。

中学時代から小説家を志し、父の死により高等学校を退学すると尾崎紅葉の門を叩《たた》いたが、玄関番をしていた鏡花に断わられた。その数年後、鏡花の誘いで尾崎門下に加わることになる。また、花袋《かたい》らとともに自然主義の代表的な作家でもあった。鏡花と秋声は兄弟弟子であるだけでなく、同郷でもある。しかし気性がまったく正反対で、なにかにつけて衝突していた。

物静かだが心に熱い物を持ち天賦《てんぷ》の才に恵まれた鏡花と、努力家だが存在感が薄く、それを気にしてどこかひねくれて天邪鬼《あまのじゃく》な秋声。

ふたりは水と油であった。

「有碍書だ！」

黒髪を揺らしながら秋声が廊下に立ったまま叫んだ。

「誰の本ですか？」

座ったまま鏡花が問うと、秋声は八雲を見て答えた。

「小泉八雲の『怪談』だ」

「なんですって？」

敦が八雲を見つめながら、秋声に問いかける。

「ま、まさかアノ夢は……」

両手を眼前に掲げて八雲が呆然《ぼうぜん》とつぶやく。その肩に鏡花が手を置いた。

「有碍書と転生した文豪は独立して存在しています。有碍書の影響を受けることはありません」

確認するように鏡花は弟弟子に視線を送った。すると秋声は口を堅く結んだまま、大きくうなずく。

「さて……。では潜書ということになりますね」

顎に手を当てて乱歩がつぶやいた。その目は嬉しそうに輝いている。

「『怪談』ですか。これは面白そうですね」

嬉々として言った乱歩を、鏡花が険しい目付きで見た。

「物見遊山《ものみゆさん》で本に潜るつもりなら止めておきなさい。痛い目を見ますよ」

「ワタクシだってこれがはじめての潜書ではありません。本のなかでなにをするか、十分わかっているつもりですよ」

「あなたが選ばれるかどうかは、まだわかりませんよ」

「おや、もう会派筆頭になったつもりですか？」

「経験の豊かさから言っても僕が適任だと思いますが」

「ちょっと、二人とも止めてください」

敦が割って入る。

「喧嘩をしている場合じゃありませんよ。とにかく一刻も早く八雲さんの本を浄化しないといけません！」

完全に侵蝕された本は白紙になり、人々の記憶からも消え失《う》せてしまう。とうぜんそれを書いた文豪にも多大な影響がある。

「鏡花さんが会派筆頭でいいじゃないですか」

乱歩にむかって敦が言う。それから今度は鏡花に顔をむける。

「乱歩さんも連れて行きましょう。この人はこんな調子ですが、いざとなったら頼りになる人です」

それはどうでしょうかねぇ、という乱歩の独り言を無視しながら、敦は秋声に顔をむける。

「僕と秋声さん。これで四人です」

生真面目《きまじめ》な秋声は、無言のままうなずいた。

「そうと決まれば、すぐにでも潜書を……」

そう言って皆をうながそうとした鏡花の前に、真っ青な顔をした八雲が立ち塞《ふさ》がった。

「どうしました、八雲さん？」

鏡花の問いを受け、八雲は肩を震わせながらうつむいている。そんな異国から来た文豪に、幻想小説の旗手は優しく語りかけた。

「八雲さんはなにも心配しなくて大丈夫です。僕たちが……」

「アノッ！」

鏡花の言葉をさえぎって叫んだ八雲が、顔を上げて四人を見た。右目に悲愴《ひそう》な光が閃《ひらめ》いている。

「ワタシも連れて行ってクダサイッ！」

「それは、どういうことですか？」

「ワタシも本の中に入りマスッ！」

問うた鏡花が声を失《な》くした。

「オヤオヤ、困りましたね」

まるで他人事のように乱歩がささやく。

仕方なくといった調子で、秋声が八雲に語りかける。

「八雲さんは転生して間もないんです。精神がまだ不安定な中、自分の著書に潜書なんてしたら、どんな影響があるかわかりませんよ？」

「ハイ……」

八雲がうなずく。

「本当にわかってます？　せっかく現世に転生したのに、その体を保てなくなるかも知れないんだ。それでも行くというの？」

「ワタシの本が侵蝕を受けているのデス。ワタシ自身の手で浄化しなくてどうすると申されるので御座りまするかデ候《そうろう》デス」

たまに八雲の日本語は滅《め》茶《ちゃ》苦《く》茶《ちゃ》になる。それでも彼の真意を感じとった秋声は、一度目を閉じると、かっと開いて八雲を見た。

「わかった。そこまで言うのなら、行ってください。だったら僕は館長のサポートに回ります」

弟弟子が、鏡花を見た。

「しっかりやってくれよ、鏡花」

「あなたに言われずとも分かっていますよ、秋声。僕は、僕のやるべきことをやるだけです」

尾崎紅葉門下の兄弟分でありながら、二人は仲が悪い。剣《けん》呑《のん》な二人のにらみ合いをそのままにして、乱歩が誰よりも先に食堂の扉に手をかけた。

「さぁ、みなさん行きましょう」

悲壮感を漂わせながらも、八雲は毅《き》然《ぜん》とした態度で扉を潜《くぐ》る。

「二人とも行きますよ！」

敦に引き摺られるようにして、秋声が廊下に出た。

最後に扉の前に立った鏡花が、ノブを手にして笑う乱歩に声をかける。

「期待してますよ」

言って戦場へと足をむける。

「お楽しみはこれからです」

跳ねるような声でつぶやくと、乱歩も四人に続いた。

其《そ》の壱

「森の中……ですね」

中島敦のつぶやきを、他の三人は黙って聞いた。敦の言葉を聞かずとも、みなにはここがどこだかわかっている。

見渡すかぎり木々であった。

杉、檜《ひのき》、柊《ひいらぎ》、楠《くすのき》……。目を凝らすと松の木もある。さまざまな種類の樹木が、ひところに生えていた。その様は一種異様である。まとまりがないから、ただの木であることは間違いないのに、まるで蠢《うごめ》いているように見えるのだ。

斜面になった森を貫くようにして砂利道が一本、頂にむかって続いていた。敦たちはその大小入り混じる小石の群れの上に立っている。

数分前まで敦たちは帝國図書館にいた。近代都市のど真ん中にある図書館の周囲に、こんな鬱蒼《うっそう》とした森はない。

ここは現実の森ではなかった。

「エー、八雲さん」

かたむいたシルクハットを手で直しながら、乱歩が言った。傍らに立つ八雲が、それに応《こた》えて顔を奇術師然とした男にむける。

「ここがどこだかわかりますか？」

「イヤ……」

首を左右に振りながら、八雲が悲しそうに答えた。

「でも、ここは八雲さんの著作のなかですから」

乱歩の言うとおり、いま彼等は八雲の著作のなかにいた。

文豪たちが侵蝕《しんしょく》を受けた本のなかに潜ることを潜書と呼ぶ。本が完全に侵蝕されて、人々の記憶とともにこの世から無くなることを防ぐため、文豪たちは本に潜り浄化するのだ。

「どこか見覚えがあるとか……。ありませんか？」

乱歩の問いを聞いた八雲の眉間《みけん》に皺《しわ》が寄る。怒りや敵愾心《てきがいしん》ゆえの皺ではない。答えられないことに申し訳なさを感じてのものである。

八雲をおもんぱかるように、鏡花が紅葉をあしらった羽織の袖《そで》についた土を払いながら乱歩に言葉を投げた。

「八雲さんの著作『怪談』は多くの話を扱っていますから、森を見ただけでどこにいるのかなどわかるはずもないでしょう。それにすでにこの本は侵蝕を受けています。八雲さんの手の及ばぬ形に歪《ゆが》められていてもおかしくないのです。ほら、ごらんなさい」

人差指を木々にむけた鏡花が羽織る衣の襟先に付いた二本の紐《ひも》の房が、微《かす》かに揺れる。

「皆さん『怪談』は読まれていますよね？」

鏡花の問いに乱歩と敦はうなずいた。

「不思議だとは思いませんか？」

重ねて問うた鏡花に、乱歩が答える。

「八雲さんが描く『怪談』の世界がたまらなく好きだったことは覚えています。しかし、なぜだか内容が思い出せないのです」

「僕もです」

敦が乱歩に同意する。その声を聞きながら、鏡花が持論を述べた。

「なにかが僕たちの記憶を歪《ゆが》めているのでしょう。この『怪談』という作品の内容が、浄化の〝鍵《かぎ》〟になるのかもしれません」

言った鏡花が鬱蒼と茂る森を指さす。

「内容は思い出せないのに、八雲さんの文体は覚えている。あんなに乱雑で無秩序に木々が生えています。清涼で秩序を感じさせる八雲さんの文章とはとても思えません」

「鏡花さんの……」

そこで敦は言葉を止めた。

「言ったとおりだ」

頂へと続く道の行く末を睨《にら》みながら言った敦の口調は、途中からガラリと変わっていた。口調が変貌《へんぼう》すると、それまで自然に下ろされていた髪が、見えない力に引き寄せられるようにして天にむかってせり上がった。

「そういうことですか」

敦の変貌にいち早く対応したのは乱歩である。彼の掌中にあった黒色の本が、つぶやきと同時に鞭《むち》へと変貌した。その時には敦の蒼《あお》色の本も、刀へと形を変えている。

彼等は虚空《こくう》を睨んでいた。

陽は西に傾き、あと三十分もすれば森は夜に支配されるであろう。

血の色にも似た紅の光が木々を黒く染め、その隙間《すきま》から漏れだすようにしてかろうじて四人のもとまで届き、なんとか視界を与えている。

闇《やみ》はいたるところにあった。

木々の根元、足元の砂利の石と石の隙間、夕陽を浴びた彼等の踵《かかと》から伸びた影……。

「来ますよ」

三人に言った鏡花の手には、針のように細い刀が握られている。

「八雲さん」

続けざまに鏡花が背後の仲間の名を呼んだ。八雲の手にはまだ本が握られている。焔《ほのお》の意匠をあしらった黒い本を握ったまま、八雲はざわざわと波打ちはじめた闇を右目で見つめていた。

「ここはあなたの著作の中です。戸惑うのも無理はないと思いますが、侵蝕された本には……」

優しく語りかけていた鏡花の言葉が止まった。

そこここで波打っていた闇が、容《かたち》を持ち始める。

ある者はぼろぼろに破られた原稿の切れ端が球状に寄り集まってでき、その隙間から洋墨《インク》のごとき闇が滲《にじ》み出している。その一番大きな闇の染《し》み出しが、羊のような顔をしてこちらを睨んでいた。

ある者は、割れた洋墨の瓶から染み出た闇に二つの目を思わせる虚空が穿《うが》たれている。

またある者は、数個の洋墨の瓶が寄り集まり人の形を思わせる姿となり、その頭の箇所の割れ目からドボドボと洋墨を垂れ流している。

この異形たちこそが、本を黒く染めあげ消滅せしめようとする侵蝕が具現化した化け物たちだった。

アルケミストや文豪たちは、この化け物たちのことを侵蝕者と呼んでいる。

羊のような顔をした者は不調によって生まれる負の情念が容となった物だ。アルケミストたちは〝不調の獣〟と呼んでいる。割れた洋墨の瓶は作者の想《おも》いとは裏腹に読者に伝わってしまった無念が具現化された物で、名は〝伝わらぬ洋墨〟である。割れた頭から洋墨を垂れ流しているのは描きたいことがありすぎてなかなか纏《まと》まらないというジレンマが凝り固まった物、名は〝纏まらぬ洋墨〟だ。

アルケミストたちの懸命な研究と文豪たちの努力によって、侵蝕者たちの分類も進んでいる。化け物たちは、作品を生み出す際の創作者の苦しみから生まれていた。

「彼等は、八雲さんの心が映し出した物かもしれません。だが、あなたの苦しみは、僕たちにも痛いほどわかる」

作品を生みだす苦しみを乗り越え、修羅の道を歩んできた者であるがゆえに〝文豪〟と呼ばれるのだ。

「さぁ戦いましょう」

「わかりマシタ」

八雲の右目に光が宿り、侵蝕者たちをにらむ。

右手につかんだ本に気を送る。八雲の本が輝き、長い剣のような形に変貌した。しかし彼の得物《えもの》は剣ではない。その証拠に、八雲の手から伸びたそれは、しなやかに宙を舞い、彼を守るかのように八雲を中心にして円を描いている。

八雲の得物は正確には鞭だった。鞭の部分に剣が無数に割れたようにして刃が付いている。

「初戦と参りマスか」

鏡花に告げた八雲が鞭で地面をしたたかに打った。

四方を取り囲む侵蝕者たちは、じりじりと間合いを詰めて来る。

最初に動いたのは敦だった。

「馬鹿《ばか》のために割く時間はない！」

言いながら上り坂を駆ける。

先頭に浮遊していた羊の顔をした不調の獣が、敦の動きを察知して文字の形をした棘《とげ》のような物を丸まった体から吐き出した。

行く手を塞《ふさ》ぐほど沢山の文字の刃《やいば》を目の当《ま》たりにしながらも、敦は平然と笑う。

ひらがなの〝ち〟の形をした刃が回転しながら敦の鼻を貫こうとした刹那《せつな》、彼の体がひらりと宙に舞った。

敦は不敵な笑みを浮かべている。

着地したのは侵蝕者の目の前だ。

「消えろ」

淡々とつぶやいた敦は、手にした刀を躊躇《ちゅうちょ》なく降り下ろす。耳をつんざくような悲鳴をあげて、不調の獣は洋墨の飛沫《ひまつ》と化して消え去った。

「やはり、アナタの変貌は面白いですね！」

敵陣深く突っ込んでゆく敦の背中を見つめて、乱歩が身震いした。

乱歩が言ったとおり、敦は戦闘の際に〝変貌〟する。平素はメガネをかけて髪を下ろした内気な青年であるのだが、侵蝕者を前にすると、たちまち髪をかき上げ、メガネを外し好戦的な性格となるのだった。

敦の身中にあるふたつの人格を、乱歩は殊《こと》の外気に入っている。好戦的な敦は戦闘中にしか現れない。だから乱歩はことあるごとに、敦にちょっかいを出して怒らせようとしている。しかし、その程度で変わるはずもなく、いつもメガネをかけた方の敦が迷惑をこうむることになるのだった。

「さて……」

敦の戦いぶりを目《ま》の当たりにして機嫌を良くした乱歩が、シルクハットに手をやりながら周囲の敵をぐるりと見まわした。

「こちらも開演いたしましょう！」

声高に叫んだ乱歩が、敦とは真逆の下り坂へと駆けてゆく。

「さあさあ、どうぞっ」

満面の笑みで乱歩が鞭を振り回す。獲物《えもの》に飛び付く蛇と化した鞭の先端には、牙《きば》さながらの棘が付いている。

乱歩は、不調の獣だけを狙《ねら》う。

打つのではない。

貫く。

ひとつ、ふたつ、みっつと、破れた原稿の塊状の獣たちが串刺《くしざ》しにされてゆく。乱歩は軽やかに鞭を振るい続ける。

獣たちは鞭に貫かれたままだ。つまり死していない。もごもごと蠢きながら、己からは攻撃することもできず、乱歩の鞭に串刺しにされているのだった。

鞭を獣だらけにした乱歩は狙いを洋墨の瓶の形をした二種類の侵蝕者に絞る。

「さぁさぁどうぞっ！」

言いながら鞭を振るい続ける。

洋墨の瓶の形をした侵蝕者たちは、彼を攻撃せんと文字の刃を放つ。しかしそれらはすべて鞭に貫かれた獣に刺さるだけで、乱歩の体を掠《かす》めることすらできない。味方の攻撃を受けて、鞭に貫かれている獣たちは真っ黒に染まってゆく。

「まだまだ終わりませんよ」

楽し気に言った乱歩は、下り坂を登ってきていた侵蝕者たちをいつの間にか密集させていた。獣を貫いた鞭で己を守りながら、敵の周囲を器用に立ち回り、残った者たちが一点に集まるように誘導したのである。

「とっておきのトリックですっ！」

叫んだ乱歩が一ヶ所に集まった敵を囲むようにして鞭を振るい、そのまま独楽《こま》を回すように力一杯引いた。貫かれていた獣たちが拘束から逃れると同時に、これまで味方から受けていたダメージと鞭を抜かれた衝撃によって一斉に動きを止める。飛沫が洋墨の海となって、一ヶ所に集まっていた敵を濡《ぬ》らす。

「儚《はかな》きものですね」

視界を失った侵蝕者たちに、手あたり次第に鞭を喰らわせてゆく。

敦と乱歩の獅子《しし》奮迅《ふんじん》の戦いぶりを見守っていた鏡花と八雲の左右から敵が迫る。

「私たちもそろそろ行きましょう」

「合点承知」

答えた八雲は調子を取り戻しているようだった。

侵蝕者たちが左右からいっせいに二人を襲う。

「お控えなすってっ！」

叫んだ八雲の鞭が二人の周囲をぐるりと回った。飛び掛かろうとしていた侵蝕者たちが、八雲の鞭に斬《き》られ、弾《はじ》かれ、叩《たた》き伏せられ、動きを止める。

「汚《けが》らわしいっ！」

敵に生まれた隙を鏡花は見逃さない。

弱っている敵を即座に見抜き、的確な一撃で串刺しにする。

敵が絶命とともに洋墨の飛沫をあげた。

一滴もかけられまいと、鏡花がひらりと体を素早く回転させて退く。

その間も八雲は止まらない。

致命傷とまではいかないが、こちらの間合いに届きそうな敵を見つけては瞬時に鞭を振るう。

八雲が止めた敵を鏡花が討つ。

二人の動きは完全に同調していた。

古き良き日本を愛し、昔のこの国に息づいていた妖《あやかし》を愛する二人の心は通じ合っている。それが戦い方にも如実《によじつ》に顕《あらわ》れていた。

敦のような豪快さや乱歩のような奇抜さはないが、二人の戦いには堅実な強さがある。八雲の鞭が作りだす絶対防御領域。そして冷徹な目が敵の隙を見抜き、毒蜂《どくばち》の針と化した一撃で仕留める鏡花の乱れぬ戦いぶり。左右からの挟み撃ちという状況にあって侵蝕者たちは、正攻法で戦う二人に圧倒されていた。

頂へと続く道の先ではいまも敦が戦っている。

「……なんだもう終わりか？」

総身を洋墨で漆黒に染め上げながら、敦は臆《おく》する敵のど真ん中で笑う。決してハッタリなどではない。心底からの笑みである。どれだけの数を屠《ほふ》ったのか覚えていないし、どれだけの時間戦ったのかも解《わか》らない。ただ、頂のむこうはすでに藍《あい》色に染まっていた。

陽はとっくに沈んでいる。

それでもこうして戦えているのは、侵蝕者たちが放つ怪しい青色の光のおかげだった。

青という色を敦は嫌いではない。むしろ好ましいと思っている。

青い光に包まれて、敦は上機嫌であった。

侵蝕者たちはあきらかに当初の勢いを失っている。

背後で戦っている鏡花たちも、敦に負けず劣らずの奮戦ぶりであった。

もはや敵の全滅は目の前である。

「来ないのならこっちから行くぞ」

言って敦は駆けた。

手あたり次第に斬る。

もはや戦略などは無意味だった。

壊滅しかけている者たちを、ただひたすらに斬り捨ててゆく。

目に入った者すべてだ。

容赦してはならない。

侵蝕者は本を黒く染める染みなのだ。一体でも残しておけば、そこからまた侵蝕ははじまる。

殲滅《せんめつ》してこその浄化なのだ。

そんなことを思うまでもなく、いまの敦の辞書には容赦などという言葉は存在していない。刀を握り坂を駆け昇りはじめた時から、いっさいの敵を葬《ほうむ》り去るつもりだった。

「終わりだ！」

己に群がっていた敵の最後の一匹を真っ二つに斬り捨てる。

ひと息吐いて、坂の下を見た。

三人もすでに戦いを終えている。

刀が仄《ほの》かな光とともに本に変わった。

髪が下り、メガネが戻る。そして服を黒く染めている洋墨が目に入った。

「あっ……。終わったのでしょうか？」

本を持ったまま両手をあげて全身を見ながら敦が言うなか、戦闘を終えた三人が坂道を登ってきた。

「侵蝕者は駆逐したのですから、じきに消えますよ」

純白の手袋に付いた黒い染みを気にしながら、乱歩が言った。

ふたりの会話を耳にしつつ、鏡花が辺りを見回す。すでに陽は完全に地に没し、侵蝕者が発する明かりもなくなった山中は闇に包まれていた。

「このまま夜を徹して戦い続けるというわけにも行きません。どこか休める場所を探したほうが良いでしょう」

「同感です。みなさんお疲れのようですしね」

答えた乱歩の目が、うなだれる八雲をとらえた。侵蝕者との戦いでは、潜書している文豪たちも攻撃によって精神に侵蝕を受ける。侵蝕が進めば存在そのものに支障をきたし、最悪の場合は転生している姿すら危うくなってしまう。

先刻戦った敵はいずれも侵蝕者のなかでは下級に分類される者たちだ。鏡花たちは際立《きわだ》った侵蝕を受けてはいない。無傷とまではいかないが、すぐにどうにかなるということはなかった。侵蝕の度合いは八雲も同じなのだが、他の三人にくらべて明らかに精神が疲弊しているように見える。

「大丈夫ですか？」

鏡花が問うと、八雲は額から一筋の汗を流しながら微笑を浮かべて答える。

「大丈夫デス。まだまだ戦えマスよ」

「心強い言葉ですが、無茶をしてはいけません。休む所を見つけましょう」

「わかりマシタ」

鏡花の言葉にホッとしたのか、八雲はちいさな溜息《ためいき》を吐いた。

坂を上りきると小さな平地になっていた。そこだけ木々が綺麗《きれい》に切り払われている。

鬱蒼と茂る草花の先、平地と森の境目のあたりにあばら家が見えた。

「灯がありますよ」

敦の言葉に誰も答えず、あばら家を見つめる。

「もしかしたら侵蝕者かもしれませんし……」

メガネを指先で押し上げながらつぶやく敦の声を聞くより先に、乱歩が動いた。

「待ちなさい」

独断専行で動こうとする乱歩を、会派筆頭である鏡花がとどめようとする。潜書する文豪たちのリーダーが、会派筆頭であった。つまり今回の潜書のリーダーは鏡花なのである。

乱歩はにやついた顔を肩越しに三人に見せながら、右手をひらひらと振ってみせる。

「ワタクシたちは休みたい。そこに絶好の家がある。敵がいれば戦えばいいし、親切な人が住んでいるなら、休ませてもらえばいい。それだけのことではありませんか？」

言いながらも足は止まらない。三人と乱歩の距離がぐんぐんと離れてゆく。

鏡花が傍らに立つ八雲を見る。明らかに息が荒い。

「まったく」

目を閉じ鼻から息を吐いてから、鏡花が敦と八雲に告げる。

「行きましょう」

乱歩との差を縮めるようにして、鏡花たちは駆け足であばら家へとむかう。

木戸のむこうにあったのは、誇張ではなく猫の額ほどのひと間のみであった。布団《ふとん》はおろか物を入れるような箪笥《たんす》や長持すらもない板間の真ん中に、煤《すす》けてぼろぼろになった袈裟《けさ》を着けた老人が座っている。昔はどこぞの寺の住職でもあったのだろうか。坊《ぼう》主《ず》頭にうっすらと生えた髪は真っ白であった。

「私たちは旅の者なのですが、一夜の宿を……」

「駄目だ」

乱歩の言葉を断ち切るように、翁《おきな》が甲高い声を吐いた。乱歩は戸惑い、三人を見遣《みや》った後、もう一度翁に語りかける。

「エー、どうも」

「見ての通り儂《わし》ひとりが寝るだけで精一杯じゃ。泊めてやるような余裕は無《ね》ぇ。このまま道に沿って山を降りれば村がある。行けば誰かが泊めてくれるだろう」

「御坊はひとりで……」

なおも会話を続けようとして切り出した敦の肩に乱歩が触れる。敦が見ると、純白のシルクハットが左右に振れた。乱歩の意図に同調するように、鏡花が翁に告げる。

「夜分に失礼しました」

老僧は返事を返さない。

四人が辞するまで坊主は黙ったまま動かなかった。

翁の言に従い四人は山を下りた。たしかに村はあった。十数戸の藁《わら》ぶき屋根が村の真ん中を貫く道をへだてて左右に並んでいるだけの小さな村である。

「なんだか騒々しいですね」

鏡花が言った。

一見すると村はなにごともない静穏に包まれ、穏やかに夜をむかえようとしている。だが鏡花の言うとおり、なにやら騒々しい。それは敦も乱歩も感じていた。ひとつしかない通りに人影はない。家に灯《とも》る明かりにも別段変わったところはなかった。しかしどの家からも、落ち着かない気配が漂っている。まるで祭前夜のようなザワザワとした人の気が、家々から漏れだして往来に立つ鏡花たちの肌を騒がせるのだ。

「侵蝕者じゃありませんよね」

にやけ面《づら》で乱歩がつぶやく。本を持つ指に力が籠《こも》る。

「とにかく、あの家に訪《おとな》いを入れてみましょう」

鏡花が指さしたのは、村のなかで比較的大きいと思われる家だった。

「そうですか。それは大変でしたね。なにもありませんが、こんな家でよろしければお泊りください」

そう言ってにこやかに四人を迎えた三十手前に見える男は、すぐに家の者に飯を用意させた。聞けば村長であるという。稗《ひえ》と麦が混ざった山盛りの玄米飯と、大根の切れ端が浮いた味噌汁《みそしる》に焼いた目刺の干物《ひもの》が一匹。どうやらそれが、この村での客に対する精一杯のもてなしであるらしかった。

四人が膳《ぜん》の前に座るなか、村長がうやうやしく頭を下げながら語る。

「じつは私は今朝、村長になったばかりなのです。父が身罷《みまか》りまして……」

「そのような時に申し訳ありません」

鏡花が恐縮するのに、いやいやと答えてから今朝村長になったという男は、神妙な面持ちで続けた。

「じつはこの村では死人が出た夜は誰一人として村に残ってはならぬというならわしがございます」

「だから騒々しかったのですね」

乱歩が口を挟むと、村長は苦笑いでうなずいた。

「これから村人総出で隣村まで行かねばなりません。どうか旅の御方たちもご一緒に……」

「村に残っているとどうなるのですか？」

嬉々《きき》とした様子で乱歩が問う。

「良くないことが起こると言われております」

「実際に良くないことが起こったことはあるのですか？」

「私が物心付いてからは、一人として村に残った者はおりませんから」

「ならばワタクシが残りましょう」

「えっ！」

村長が驚いてから、必死に言い募る。

「死人が出た夜は化け物が出ると言われておるのです。さぁ、化け物が来るまえに逃げたほうが良い」

「そんなことを聞くと、ますます残りたくなるじゃありませんか！」

握りこぶしを胸の前にかかげて乱歩が立ち上がる。膳の上の味噌汁が揺れて飛沫が舞う。

「御心配には及びません。アナタたちは逃げてくださって構いません」

「でも……」

助けを求めるように、男は鏡花を見た。四人のなかで一番しっかりしていると見られたのだろう。あながち間違ってはいない。しかし、当の鏡花は二人の話を聞いている最中も腕を組んだままじっと動かなかった。そして村長の視線に気付かぬまま、口を開いた。

「僕も残りましょう」

今度は悲鳴にも似た声を男が吐いた。

「化け物が出て村人たちを苦しめているというのなら、助けなければならない」

「わ、私たちは夜が明けるまで逃げていれば……」

「死者を弔わねばならぬ大事な夜に村人総出で逃げ出さなくてはならないなど、こんな理不尽なことを見逃しておくわけにはいきません」

なぜこれほど鏡花が乗り気なのか、敦にはわかっている。

鏡花は無類の怪談好きだ。死人が出た夜に現れる化け物と聞いて、怪談好きの心がはげしく揺さぶられたのである。

「めずらしく気が合いましたね」

己を見下ろしながら笑う乱歩の言葉に答えずに、鏡花は村長に熱の籠った視線を投げながら語る。

「あなたたちの苦難を取り払い、一宿一飯の恩を返したいと思います」

「ですが……」

固い意志に突き動かされた乱歩と鏡花を、村長の拙《つたな》い言葉で説得するなど不可能である。けっきょく村人たちは一人残らず村を去り、村長の父の骸《むくろ》が残る家に、四人は残された。

「静かになりましたね」

敦がつぶやく。

四つの布団が並んで敷かれた部屋で、各自の布団の上に座りながら化け物の到来を待っている。

鏡花は腕を組み、目をつぶっていた。

乱歩はどこから取り出したのか、トランプのカードをもてあそびながら時を待っている。

八雲はうつむいて、右手で己が左肩をつかんでちいさく震えていた。それを見ていた敦が、心配そうに八雲に言葉を投げる。

「大丈夫ですか？　潜書してからずっと、体調が優れないようですが」

「ハイ、心配御無用にゴザル」

異国人である八雲はときおり日本語がおかしい。

「八雲さん。本当に顔色が優れま……」

「中島さん」

瞑目《めいもく》していた鏡花が口を挟む。尊敬する鏡花に呼ばれて、敦が八雲から目をそらして彼を見た。敦の視線を受けても、鏡花は目を閉じたまま淡々と語る。

「八雲さんは大丈夫だと言っています。だからそっとしておいてあげなさい」

「でも……」

「彼が本当にまずい時は、会派筆頭である僕が図書館と交信して潜書を中断させます。

僕は判断を誤りません。それとも、僕のことが信用できませんか？」

そこまで言われれば敦もそれ以上の抗弁はできなかった。

「しっ！」

いきなり乱歩が右の人差指を口許《くちもと》に当てて言った。いつの間にかトランプは跡形もなく消えている。

「なにか聞こえませんか？」

乱歩は小声で三人に問う。

「たしかに」

耳を澄ましていた鏡花が同意の言葉を述べる。他の二人の耳にもたしかに音が聞こえていた。

なにか硬い物を砕くような音。

「噛《か》んでいませんか？」

乱歩の言葉を聞いた鏡花が、足音を消しながら穴だらけの襖《ふすま》を開き短い廊下に出た。廊下をはさんで奥の部屋に村長の父の骸がある。音はそこから聞こえて来ていた。

鏡花が唐紙の引手に指先で触れる。他の三人は彼の背後に控えていた。

唐紙が動き、ちいさな隙間が出来る。

鏡花は見た。

骸の左手を巨大な鬼がつかんで、己が口へと持っていっている。

食べていた……。

「ひっ！」

鏡花の顔の下から部屋のなかを覗《のぞ》き込んでいた敦が、おもわず叫んだ。

鬼が四人に気付いた。

「まったく仕方ありませんね」

ため息まじりに言った鏡花が唐紙を一気に開いた。その時にはすでに掌中の本は武器に変わっている。

「こんな狭いところで戦ってはまずいですよっ！」

叫んだ乱歩が両足で跳んで、鬼の巨体を全力で蹴《け》り飛ばした。

唸《うな》り声を上げながら鬼が吹き飛び、部屋の雨戸を壊しながら外に転がり出る。着地の時に器用に骸を避けて、乱歩はそのまま割れた雨戸を蹴って穴を広げ、外へと躍り出た。

鏡花と八雲も後に続く。

「どうしていつもいつも、こんなことになるんですか」

ため息混じりに毒づいた敦がメガネを外し、髪をかき上げる。

「……行く！」

手にした剣を振りかざし、変貌した敦が割れた雨戸に出来た穴から飛び出した。

三人に囲まれた鬼は、常人の倍ほどの大きさがある。

「侵蝕されていますね」

跳ねた声で乱歩が言う。

乱歩の言葉通り、赤銅《しゃくどう》色の肌をして額に牛の角を生やした鬼の体じゅうから青い光が漏れている。漏れだした光のなかに、無数の文字の欠片《かけら》が蠢いていた。

「こんなのは見たことがありませんね」

乱歩に鏡花がうなずく。

「これが八雲さんのアレですかね」

鞭で地面を叩きながら、奇術師然とした乱歩が言った。

有碍書《ゆうがいしょ》は、創作者の魂が入った侵蝕者を倒すことで浄化される。乱歩が言ったのは、目の前の鬼が今回の侵蝕の根源なのではないかということだった。

「倒してみるしかありません」

言った鏡花が針のように鋭い切っ先で鬼を貫く。

「なっ！」

思わず鏡花が声を漏らした。心臓を狙い突き出した刃が、分厚い胸板に阻《はば》まれてわずかに撓《しな》っている。このまま鬼が大きく一歩踏み出せば、剣が折れるのではないかと思い、鏡花はすかさず後方に退いて間合いを取った。

「強そうですね」

口の端を吊《つ》り上げながら乱歩が言った。その手にはすでに鞭が握られている。鏡花が退くのとシンクロするように、地を蹴って鬼へと飛んだ。

素早く振られた右腕から伸びた鞭が、鬼の太い首に絡《から》みつく。着地した乱歩は鞭の中程を左手でつかんで思いっきり引いた。

「おやおや」

全力で引いてはいるものの、鬼は微動だにしない。

「ゴオォォォ」

虚《うつ》ろに開いた口から漏れた唸り声が夜気を震わす。

「そのまま引いていてくれっ！」

叫んだのは敦だった。

もう一人の彼である時よりも冷たく研ぎ澄まされた目が、鬼だけを捉《とら》えている。

素早く懐《ふところ》に潜りこんだ敦が、手にした刀で両腕を振り回してもがく鬼のがら空きになった脇腹《わきばら》を斬りつけた。

くっきりと浮かんだ肋《あばら》の隙間に細い切れ目が生まれ、洋墨のごとき黒い飛沫《しぶき》が舞う。

「……斬れるぞっ」

皆に告げるように叫んだ敦が、斬りつけざまに鬼の脇をすり抜けて背後へ駆けて間合いを保つ。

「八雲さんっ、鞭ですっ」

鏡花の声が八雲の背中を押す。

「わかりマシタ」

額から汗を垂らしながら、八雲が答えた。依然として顔には苦悶《くもん》の色がにじんでいる。心中の葛藤《かっとう》を振り払うように一度大きくうなずいて、八雲は鞭を持った右手を高々と掲げた。

「ワタシは悪夢になど敗《ま》けはしマセンッ！」

みずからの決意を言葉にして八雲は鬼にむかって放った。

振り下ろした鞭に付いた無数の刃が、鬼の体に触れて傷を作る。

「オォッ！」

傷を受けて怒りを露《あら》わにした鬼が乱暴に体を振り、鬼の首に鞭を巻き付けたままの乱歩は抗しきれずに体勢を崩した。

鬼の伸びた爪《つめ》が、よろけた乱歩の顔めがけて襲い来る。

「危ないっ」

鏡花が鬼の手を下から切りあげた。冷静で的確な振りである。刃のない刀でありながら、鋭利な切っ先だけを使って、器用に鬼の腕を斬り裂いた。深々と腕を斬られた鬼が、思わず仰《の》け反《ぞ》る。

「ありがとうございます」

「いえ」

簡素なやり取りを二人が交わす間に、八雲が鞭を乱打する。

散々に切り刻まれる鬼に、三人は近づけない。

「キエナサイッ！　キエナサイキエナサイキエナサイ……」

なにかに憑《つ》かれたように八雲は同じ文言を繰り返し、汗を迸《ほとばし》らせながら鞭を振り続ける。

鏡花の細い指が彼の手首をつかんだ。我に返った八雲が手を止めて、仲間のほうを見る。

「終わりましたよ」

鬼は身体《からだ》じゅうを切り刻まれて地に伏していた。

一夜明けた。

鬼を倒したというのに、鏡花たちは本から解放されていない。すでに陽は高々と上っているというのに、村人たちは戻ってこなかった。

「どうしますか？」

指先でメガネを挙げながら敦が皆に問う。

「ちょっと気がかりなことがあります。昨日のあばら家に戻ってみませんか？」

会派筆頭の鏡花の提案に三人は従った。

元来た道を戻り上り坂を登り終えると、あばら家は昨日と同じ姿でそこに建っていた。

無言のまま鏡花が歪んだ木戸をガタガタと揺らしながら開く。

昼だというのに屋内は薄闇に包まれている。

「やはり同じ匂《にお》いだ」

鏡花がつぶやくと、乱歩が小首をかしげる。

「どういうことです？」

「昨日の鬼から微かに香の匂いがしたのです。それと同じ匂いを、この家で嗅《か》いだのを思い出したのです」

答えた鏡花が板間へと近づく。

「どうしました？」

鏡花が老僧に声をかける。異変は他の三人も気付いていた。

激しい息遣いが、開いた木戸から外にまで漏れている。

「あぁ、あんたたちか……」

老僧が言った。ねばついた物が喉《のど》に張り付いているのか、翁の言葉には泡が弾けるような音が混ざっている。

「血塗《ちまみ》れじゃないですか」

老僧の体を見て敦が言う。老人は体じゅう傷だらけであった。昨日まではなかったものだ。

「あんたたちのおかげだ」

皮肉には聞こえなかった。

「礼を言う」

「あぁ、昨夜の鬼はアナタだったのですか」

あっけらんとした口調で乱歩が言うと、翁は激しい咳《せき》をひとつしてうなずいた。

「儂は昔、ある寺の僧じゃった。近在の村で弔いがある度に儂は骸の前で経を唱えた。じゃが、骸の冥福《めいふく》など祈ってはおらなんだ。頭にあったのは死人の家族からもらうであろう礼の品のことばかり。儂は生きるため、我欲のために骸を弔った。幾度も幾度も……」

四人を見ず、隙間だらけの天井を見つめて老僧は語る。

「儂にも死ぬ時が来た。死んだはずじゃった。じゃが儂は現世《うつしょ》に留まった。成仏《じょうぶつ》することを御仏《みほとけ》はお許しにならなかったのじゃ。死人の匂いを嗅ぎつけて鬼となって喰らう。止めようと思うてもどうしようもなかった」

じゃが、と言って老僧が八雲を見た。

「あんたたちのお蔭《かげ》で、やっと儂も解放される。ありがとう……」

老僧は目を閉じ、動かなくなった。

「ど、どういうことですか？」

敦が乱歩を見て問う。黒いマントに包まれた肩をすくめて、乱歩が首を傾《かし》げる。

言葉もなく部屋の中を見つめていた八雲の視線の先で、老僧が青色の焔を上げて消えてゆく。

「やはりあの鬼がそうだったのですね」

いっさいの痕跡《こんせき》を残さず消えた老僧が寝ていた場所を見つめ、鏡花がつぶやいた。その刹那、天井の隙間から漏れていた光が強さを増した。次第に景色が白色に染まってゆく。

「浄化完了ということですか？」

気楽な乱歩の声とともに、四人は光に包まれた。

*

洋卓《テーブル》に置かれた『怪談』の頁《ページ》から黒い染みが消え去るのを、徳田秋声は確かに見た。

侵蝕を受けた本は、積み重ねられた元の紙束である断片を露わにしたまま、静かに洋卓に納まっている。

なのに……。

どれだけ待っても鏡花たちが戻ってこない。

「なにが起こっているんだ？」

厳しい顔付きで座る徳田秋声のかたわらに立っていた館長が、重々しい口調で言った。

「わかりません」

秋声は素直に答えた。

帝國図書館内である。

二人は『怪談』に潜書している四人を、外からサポートしていた。

潜書した本の中で異変があった場合、現実世界との交信が唯一《ゆいいつ》の命綱だ。外界と隔絶されてしまえば、文豪たちは孤立する。侵蝕された文豪たちが、消息を絶ってしまうこともあり得る話だ。そうならないためにも、潜書中は必ず誰かが文豪たちをサポートすることになっている。

今回、鏡花たちをサポートするのは、『怪談』侵蝕の報を食堂にもたらした秋声と、帝國図書館の長である館長であった。

依然として沈黙したままの『怪談』を見下ろしながら、秋声が静かに口を開く。

「たしかに浄化したように思われました」

侵蝕者の手から本を守ったのであれば、潜書した鏡花たちはすでに戻ってきているはずの時間である。

厳しい顔つきの秋声を見つめて、館長が重い声を吐く。

「何故《なぜ》、四人は戻って来ない？」

「解りません……」

秋声が口籠る。

館長が解らないことを、転生した文豪である秋声が知るはずもない。そんなことは館長自身、百も承知なのであろう。パートナーである秋声に問いをぶつけ、語らい合うことで手がかりのきっかけをつかもうとしているのだ。

「通信は？」

「試みていますが、浄化と同時にいっさいの通信が断たれました」

立ったまま館長が腕を組んで眉根《まゆね》に深い皺《しわ》を刻む。

彼自身、図書館随一のアルケミストである。潜書自体も、文豪やアルケミストたちのサポートの経験も誰よりも豊富である。

そんな館長が不測の事態に戸惑っていた。

秋声はふたたび本を見る。

やはり異変はない。

浄化は果たされたと見て良かった。

そんな秋声の心を見透かしたかのように、館長が問う。

「本はどうなっている？」

「この通りです」

秋声は洋卓の上の『怪談』を指し示した。表紙に挟まれた側面には染みひとつない。

「浄化は終っているな」

館長の言う通りだった。侵蝕を受けている本は、ページに黒い染みができる。そのため側面にも斑《まだら》の染《し》みが浮かぶのだ。

「さっきまではたしかに染みがありました」

もちろん館長も確認している。無言でうなずくと、館長は秋声の前にある通信装置にむかって叫んだ。

「聞こえるかっ！　聞こえるなら応答してくれっ！」

ザザッ……。

「！」

それまで無音だった装置に、砂をこすり合わせるような音が響く。

「おい泉っ！」

砂嵐《すなあらし》は途切れることなく吹き荒《すさ》ぶ。

館長は鏡花の名を呼び続ける。

しかしいっこうに返事はなかった。

「こちらに戻ってくる際になんらかのトラブルがあったのではないでしょうか？」

秋声の問いに、館長が装置を離して振り返った。

「トラブル？」

はい、と言って秋声は己の推理を披瀝《ひれき》する。

「浄化に成功した鏡花たちが、こちらに戻って来ようとした際に、本と現世を繋《つな》ぐ道がなんらかの理由で通れなくなった。もしくは……」

そこで秋声は言葉を呑《の》んだ。すると意図を悟ったのか、館長が秋声が語ろうとして呑んだ言葉を吐いた。

「こちらへ繋がる道が無くなってしまった」

「はい」

秋声はうなずき、言葉を継ぐ。

「この場合、一番恐れることは、鏡花たちが現世に戻って来ようとした途中に、通信および道が消えてしまうという事態です」

「うむ」

館長が腕を組み、重い息を吐いた。肩にかかった上着の袖《そで》が、風もないのにかすかに揺れる。

「聞いてもいいですか？」

「ん？」

険しい視線で、館長が秋声に問いをうながす。

「もしこちらへ戻って来る途中で道が消えてしまった場合、鏡花たちはどうなるのですか？」

「そんな事例はこれまで一度も無いから、はっきりとしたことは言えないのだが……」

そこで館長は口籠った。名うてのアルケミストのはっきりしない態度に、秋声の焦《あせ》りが募ってゆく。

「館長」

答えを迫る。

館長は目を閉じ、一度天井へと顔をむけて腹から息を吐くと、秋声を見た。

「最悪の場合は、鏡花たちは次元の狭間《はざま》に取り残されてしまうだろう」

「それはどういう……」

「すでに本にはいない。図書館にも戻って来ない。そうなれば道はひとつだ」

帝國図書館の館長として数多くのアルケミストと文豪たちを率いる身なのだ。残酷な事実であろうと、はっきりさせておかなければならないことがある。妙なセンチメンタリズムに駆られて判断を誤れば、鏡花たち四人だけではなく図書館自体を揺るがすような事態に発展してしまうことも十分に考えられるのだ。

私情や感傷を優先させていては、館長など務まらない。

とはいえ……。

鏡花たちを諦《あきら》めることは絶対にできない。

「憶測はどこまで行っても憶測でしかない」

秋声に声をかけ、館長はふたたび通信装置にむかって叫んだ。

装置のむこうからは依然として砂嵐が聞こえて来ていた。

「泉っ！　聞こえているなら返事をしてくれっ！　いったいなにが起こっているんだっ！　返事をしろ泉っ！」

「館長」

背後に立つ秋声は館長を正視できず目を逸《そ》らした。彼の凜《りん》とした瞳《ひとみ》が卓上の『怪談』を捉えている。

「ん……」

秋声の真剣な眼差《まなざ》しが『怪談』の側面に注がれる。

その重なる紙と紙の間だ。

一冊の本を形作るのは無数の紙であった。一枚目は二枚目と重なり、二枚目は一枚目と三枚目と境を共にする。そうして積み重ねられた紙と紙の狭間に生まれた微《かす》かな、本当に微かな影を秋声の研ぎ澄まされた瞳が凝視している。

動かないはずの本が蠢《うごめ》いているように秋声には見えた。

影だ。

頁と頁の間に揺蕩《たゆた》う仄かな影が小さく揺れている。

「館長っ」

秋声が振り返ったのと、装置から鏡花の声が聞こえてきたのは同時だった。当然、館長は装置から聞こえて来る声を優先した。

「……か、……ょう……」

途切れ途切れの鏡花の声が聞こえる。

「どうしたっ！　なにがあった！」

「……また、し……ょくが……」

「また侵蝕が……。ですか」

館長の背後に立ち秋声がつぶやく。

「一度浄化が完了した本がふたたび侵蝕を受けるだと？　そんなことはありえん」

鼻からゆっくりと息を吐きだし、館長は装置から遠ざかる。

鏡花の声はそれきり聞こえなくなった。

秋声はふたたび振り返って、洋卓の上の『怪談』を見た。
頁と頁の間で揺れていた影が……。
膨らみ始めていた。
影は黒き染みとなり、本にふたたび侵蝕の触手を広げようとしている。
「見てください館長っ！」
叫んだ秋声の視線を館長が追う。
染みは『怪談』を、どす黒く染め上げていた。

「食人鬼《じきにんき》」　了

其《そ》の弐

「駄目です。繋《つな》がりません」

図書館との通信を試みていた鏡花が、あきらめたように首を横に振った。

「どういうことですかね？」

三人の顔色をうかがように、敦が問う。皆から少しだけ前に出て、乱歩が辺りをうかがった。

「街中にいるみたいですね」

乱歩が言う通り、四人は塀に囲まれた小路の真ん中に立っていた。見上げれば月明かりに照らされた瓦《かわら》屋根がむこうのほうまで続いている。

「家から明かりは漏れていますが、どうやら電灯というわけではなさそうです。浄化が完了して現実世界に戻されたが、なにかの事故であらぬ処《ところ》に飛ばされてしまったという線も考えたのですが、どうやら違うようですね。やはりまだワタクシたちは本のなかにいるみたいです」

敦が小さな溜息《ためいき》を吐いて、右手にある蒼《あお》色の本を撫《な》でた。左のレンズのみのメガネを月光にきらめかせ、乱歩が肩越しに銀髪の青年を見つめる。

「ワタクシたちは、このままずっと本から出られないかもしれませんね」

肩をちいさく震わせた敦が乱歩を見た。

「洒落《しゃれ》にならないこと言わないでくださいよ」

「冗談ですよ、冗談」

拳《こぶし》を握りしめた敦を見て、乱歩が楽しそうに微笑《ほほえ》む。

「皆サン」

とつぜん八雲が声を発した。三人がいっせいに彼のほうに振り返る。

「かたじけない……デス」

うつむいたまま弱弱しくつぶやいた八雲に、鏡花がやさしく語りかける。

「侵蝕《しんしょく》はどの本にも等しく訪れます。たまたま今回は八雲さんの本が侵蝕されただけ。あなたが気に病む必要はありませんよ」

「その通りです。私たちの本だって、いつ侵蝕されるかわかりません。その時は、浄化を手伝ってくださいね八雲さん」

「合点承知の助でゴザル」

力無い笑みを口許《くちもと》に湛《たた》えて、八雲が敦にうなずいた。そんな三人のやりとりを醒《さ》めた目で見つめていた乱歩が口を開く。

「八雲さん。アナタは先刻、悪夢には敗《ま》けないと叫んでいらっしゃいましたね？　あれはどういう意味ですか？　潜書する前に、食堂でアナタは悪夢を視《み》たとおっしゃっていた。まさかこの本のなかが、八雲さんの悪夢だとでも言いたいのですか？」

「それは……」

「止《や》めなさい」

右目に憂鬱《ゆううつ》を宿らせて口籠《くちごも》る八雲を助けんと、鏡花が乱歩の前に立ちはだかる。

「八雲さんは転生して日が浅い。あなたも知っているでしょう。転生して間もない者は精神が安定せず、記憶も曖昧《あいまい》だということを」

「わかっていますよ」

淡々と答えた乱歩の態度に、鏡花が右の眉尻《まゆじり》を上げて言い募る。

「ここは八雲さんの著作『怪談』のなかです。八雲さんが視た悪夢とは無関係でしょう。転生して間もない八雲さんは、精神がまだ定まっていないから悪夢を視てしまった。そしてみずからの本に潜書するというこの事態と、悪夢を混同してしまっているだけなのでしょう」

乱歩に言った鏡花が、八雲に目をむける。

「大丈夫です。ここは本のなか。あなたの心とは関係ありません」

「ハイ……」

「ワタクシはべつに八雲さんを責めたかったわけじゃないんですよ。ただ、浄化したのにまだ本のなかにいるというこの現状を、様々な角度から推理してみようと思っただけです」

熱を帯びる三人の会話に、敦がおずおずと口を挟む。

「浄化したと思っていたのは僕たちだけで、本当はまだ完全に浄化しきれていなかったのではないですか？」

鏡花が力強くうなずく。

「そう考えるのが一番単純明快な推論ですね」

肯定された敦は嬉《うれ》しそうに鏡花に礼をした。

これ見よがしの溜息をひとつ吐いて、乱歩が三人より先に歩みはじめる。

「とにかく、現状を把握するためにもこの街を調べなければなりませんね」

言いながらズカズカと歩を進める。敦が続き、鏡花は一番後ろを歩く八雲を気遣うようにして、颯爽《さっそう》と歩く黒マントを追う。

どうやら大層繁華な街であるらしく、道は幾重にも枝分かれしていた。幅の広い通りには大店《おおだな》が並び、店と店の間を小路が走り、その奥には住居が所狭しと建っている。

「江戸……。じゃないですか？」

誰にともなく敦が問うと、鏡花が答える。

「僕もそう思っていたところです」

「江戸の頃の古地図を見たことがありまして、なんとなく覚えているんですが、多分この先は紀ノ国坂ですよ」

先頭を行く乱歩が言った。

「解《わか》っていたのですか？」

「ずいぶん前に。まぁ、推測なんですけどね」

振り向きもせず鏡花の問いに答える乱歩の足は、紀ノ国坂にむかっていた。

「このあたりは赤坂だと思います」

言いながらもズンズン進んでゆく。

「あまり先行しすぎると危ないですよ」

「そのあたりのことはちゃんと考えてますから心配しないでください」

なにがそんなに楽しいのか、乱歩は大手を振って先を急ぐ。どうも夜の江戸の街並みを大層気に入っているようだった。

紀ノ国坂であろうと思われる坂に差し掛かり、乱歩を先頭にして歩き出す。すると中ほどまで来たあたりで急に乱歩が足を止めた。

「おや」

なにかを見つけたようにつぶやくが、鏡花たちには闇《やみ》が邪魔をしてなにも見えない。そのうち乱歩がゆっくりとした足取りで道端のほうへと進路を変えた。地べたでも見るように、顔を斜め下にむけたまま、じりじりとなにかに近寄ってゆく。

鏡花たちの足取りが自然と早くなる。

乱歩が〝それ〟の間近まで迫ったころには、三人にも彼が見ている物が確認できた。

うら若き女がうずくまっているのである。

島田に髷《まげ》を結い、縞木綿《しまもめん》の小袖《こそで》を着ていた。後れ毛の垂れたうなじが、闇に白くぼんやりと浮かんでいた。

しくしくと泣いている。

心配そうに乱歩が左手を差し出す。

「乱歩さん」

鏡花がささやくような声で告げる。しかし黒いマントで闇と同化した男は、仲間の言葉など聞きもせずに女に声をかけた。

「大丈夫ですか？」

女は答えない。

ただ悲しそうに泣いているだけ。

女に聞こえないほど微《かす》かな溜息をひとつ吐いて、乱歩がもう一度声をかける。

「なにかありましたか？　青い火の玉みたいな化け物に襲われたとか、文字のお化けになにかされたとか。困っていることがあったら力になりますよ」

夜の闇に沈む坂の中程である。女と四人以外に人気はない。静まり返った夜の漆黒に、か細い泣き声だけが響きつづける。

「ねぇ、アナタ」

乱歩はうろたえている。

「もう行きましょうよ」

堪《こら》えきれずに敦が声をかける。

「しかしこんな所に放って行くというのも気が引けるではありませんか」

「あなたにもそんな優しい一面があるんですね。だったらもう少し、八雲さんのことも温かい目で見てほしいですね」

「だから言っているでしょう、ワタクシは別に八雲さんを責めている訳では……」

そこまで言った時、急に女が泣き止んだ。

鏡花のほうを見ていた乱歩が、不意にうずくまる女へと顔をむけた。

刹那《せつな》……。

振り返った。

顔を塞《ふさ》いでいた手がいつの間にか開かれている。

露《あら》わになった顔にはあるべき物が無かった。

目も。

鼻も。

口も。

なにもかも無かった。

「あぁっ……！」

思わずといった様子で乱歩が驚きの声を上げた。

しゃがんでいた女が振り向きざまに腰を上げたため、間合いを取ろうと満足な体勢ではないまま仰《の》け反《ぞ》った乱歩は、数歩たたらを踏んだ後、ぺたんと尻餅《しりもち》をつく。

顔になにも無い女が乱歩に覆《おお》い被《かぶ》さるのと、周囲の闇が激しく鳴動したのは同時であった。

「侵蝕者ですかっ！」

叫んだ鏡花の本が武器に変わる。

無言の八雲の手にもすでに鞭《むち》が握られていた。

「まったくもう。だから言ったじゃないですかっ！」

女に覆い被さられてもがく乱歩を責める敦のメガネが消えて髪が逆立った。蒼い本が雷《いかずち》を放ったかと思うと銀色の刃《やいば》へと変貌《へんぼう》する。

女の周囲で鳴動した闇は、無数の青き焔《ほのお》となった。

焔はみるみるうちに洋墨《インク》の飛沫《しぶき》に包まれて異形へと姿を変える。羊に、洋墨の瓶に、複数の瓶が連なり人の形となった物まで勢ぞろいであった。

「は、離れなさいっ！」

女にむかって乱歩が叫ぶ。しかしどうやら女の力は乱歩に勝っているようで、どれだけ彼がのたうち回ろうと、がっしと両手をつかんだまま女は離れようとしない。

のっぺりと何も無かった女の顔が裂けた。中心からわずかに下方辺りが、右の耳から左の耳まで真一文字に割れた。

「おぞましいっ！」

体面も気にせず乱歩が叫ぶ。

無理もない。

裂けた女の口から洋墨がドボドボと垂れ落ち、乱歩の顔を濡《ぬ》らしている。

仲間たちは二人の周囲に群がる侵蝕者たちと戦うのが精一杯で助ける余裕はない。

「ヒヒヒヒヒヒヒ……」

女が笑った。

青き焔が女を包む。

ブスブスという耳ざわりな音とともに女が焦《こ》げてゆく。段々と黒く染まってゆく女の形が次第におぼろげになる。

「やっぱり侵蝕者だったのですね！」

強がるように乱歩が叫ぶ。その視線の先で女は性別のわからぬ人の形をした異形に変わった。

乱歩のそれと対を成すかのように真っ黒なシルクハットを目深《まぶか》に被り、洋装に身を包んでいる。その周囲には、まるで羽根のようにページを羽ばたかせながら本が舞っていた。敵の体も本も青い焔に包まれ、輪郭を象《かたど》る辺りで文字の残骸《ざんがい》が乱舞している。

アルケミストたちはこの敵を〝炎上する嫉妬《しっと》心《しん》〟と呼んでいた。文豪たちが他者の優れた才能に嫉妬する心が形となって顕《あらわ》れた物だと推測されている。

「アハァァァァ」

炎上する嫉妬心は言葉ともつかぬ声を発して大きく口を開く。白い歯から滴《したた》る洋墨が、依然として乱歩の顔を濡らしていた。

青い焔をまとった顔が徐々に乱歩に近付いてくる。

食べようとしていた。

「止めなさいっ！」

めずらしく乱歩の目が血走っている。しかし敵は、彼の感情など意に介さない。暴力的な膂力《りょりょく》で乱歩の腕を封じ、ゆっくりと顔を近づけてゆく。

メリメリという鈍い音が敵の口中で鳴り始めた。

それまで人の物となんら変わらなかった侵蝕者の歯が音とともに伸びはじめ、先端が鋭利になってゆく。

「ちょ、ちょっと待ってください。そんな歯でワタクシを嚙《か》もうというのですか！」

炎上する嫉妬心は聞く耳を持たなかった。弓形に口を歪《ゆが》ませていながら、笑声は発しない。簡潔な作業を遂行するかのごとくに、乱歩の顔へと口を寄せてゆく。

乱歩の端正な鼻の先に、敵の前歯の先が触れる。

その途端、乱歩の黒目が収縮したように見えた。

止めなさいと必死に叫んでいた口が、堅く引き締まり、強く嚙み締めた歯の隙間《すきま》からゴリッという音が聞こえる。

「忠告はしましたよ」

口許をかすかに吊《つ》り上げた乱歩の頭が、いきなり上昇した。

細く尖《とが》った敵の歯が強烈な頭突きによって粉々に砕ける。

「ヒィユゥゥゥゥッ！」

悲鳴にも似た声を侵蝕者が吐いた。

ひるんでわずかに力を弱めた炎上する嫉妬心の隙を見逃さず、乱歩が両腕を抜いてすかさず敵の胸を両手で押した。

揺らめいた侵蝕者の拘束から抜け出し、乱歩は瞬時にして本を鞭に変える。

「アナタだけは許しません」

顔を汚す洋墨を拭《ぬぐ》いもせずに、乱歩は鞭を構える。

炎上する嫉妬心はボロボロになった牙《きば》などお構いなしに、ヘラヘラと笑いながら宙に漂っていた。

「無事ですか」

不調の獣を剣で貫きながら、鏡花が乱歩のそばに歩み寄る。

「どうして助けてくれなかったんですか！」

「こっちも手が離せなかったんです。無理を言わないでください」

「この敵はワタクシの獲物《えもの》です。邪魔はしないでくださいね！」

「怒りで我を忘れると、隙が生まれますよ」

「誰に言ってるんですか？　ワタクシは江戸川乱歩ですよ」

言った乱歩の口許に不敵な笑みが浮かぶ。

「そこまで言うなら好きになさい」

乱歩の背を一度優しく叩《たた》いてから、鏡花はふたたび敵の群れへと足を踏み入れた。

「さぁ、ショーのはじまりですよ」

聞いたのかどうかは定かではないが、乱歩が言った瞬間、炎上する嫉妬心は声を上げて笑った。

仕掛けたのは炎上する嫉妬心であった。

右手を高く挙げると同時に、周囲を舞っていた本がいっせいに乱歩めがけて飛んだ。

「無駄です」

語尾を上ずらせて乱歩がつぶやく。

一冊。

二冊。

三冊。

四冊五冊六冊七冊八冊九冊……。

次々と襲い来る本の群れを、己の体をかすめようとした順に、的確に払い落としてゆく。

一度地に落ちた本も、それで止まるわけではなかった。開いたまま地に伏した本は、閉じる力を利用して再び勢いよく宙に舞うと、そのまま乱歩にむかって襲いかかる。

「これは面白いっ！　素晴らしい！　どういうトリックでしょう？　侵蝕者というのはこういうこともできるのですね！　受けて立とうではないですか！　アナタを倒した暁には、そのトリックを暴いてワタクシのものにさせていただきます！」

乱れ飛ぶ本の隙間から見える炎上する嫉妬心にむかって、乱歩が嬉々《きき》として言った。

まるで踊っているかのように、乱歩の四肢がしなやかに動き、乱れ狂う黒き鞭が本を打ち落としてゆく。

「でもまだ甘いですね」

奇術師然とした文豪の口角が、妖《あや》しく吊り上がる。

「奇術というのはこうやるんです。後学のために教えて差し上げます」

先刻までより数段速度を増した鞭が、一冊に一撃ずつ与えてゆく。

すべての本に打撃を加えるまで数瞬であった。

「ショータイムですっ」

純白の手袋に包まれた指がしなやかに鳴った。

小気味良い音を聞いた本が、とつぜん炎上した。

それまでの青い焔から一転、深紅の炎に包まれた本が次々と地に落ちてゆく。もがくように分厚い表紙を幾度か震わせた後、本たちは次第に大人しくなり、消炭となり風に吹かれて消えた。

「ヒヒ」

「おや、悔しいのですか？」

炎上する嫉妬心の笑い声に、斜めになったシルクハットを直しながら乱歩が問う。

「大丈夫ですか、乱歩さん」

とつぜん背後から敦の声がした。

「おや、いつもの中島さんじゃないですか。ということは、そちらは終ったんですね？」

　敵を見つめたまま乱歩は問う。

「助太刀いたしまショウか？」

「この敵はワタクシの獲物です。手出し無用でお願いします」

　八雲の問いに答えた乱歩は、鞭を絞って敵に一歩近づいた。

「まさか今の奇術だけで終わりだというわけではありませんよね？」

　その声に急《せ》かされたように、炎上する嫉妬心が宙を舞いながら間合いを詰めた。

　上着の袖からシャツの袖を出した敵の右手が乱歩にむかって伸ばされる。乱歩は指一本動かさずに敵を見つめ続けた。

「ヒヒャァ」

　耳につく笑い声を吐いた炎上する嫉妬心の袖の下から、夥《おびただ》しい量の文字の欠片《かけら》が乱歩にむかって放たれる。

「まったく……」

　溜息混じりに乱歩がつぶやく。

　乱舞する文字の欠片が、尖った切っ先を露わにしながら乱歩へと殺到した。

「ワタクシの武器がなんなのか、アナタはまったく理解していないっ！」

　文字の波を掻《か》い潜《くぐ》るように乱歩が鞭を地に這《は》わせた。

銀色の棘《とげ》が生えた鞭の先が、撓《しな》りながら敵に迫る。

乱歩が手首を小さく揺らすと、地を這っていた鞭が急に角度を変えて天にむかって駆け上がった。

真《ま》っ直《す》ぐに伸びた炎上する嫉妬心の右手を鞭先が貫く。それを確認した乱歩が、口をへの字に曲げて全力で鞭を引いた。引くと同時に体をおおきく左へ傾けると、文字の大軍は先刻まで乱歩がいた虚空《こくう》を駆け抜け、機敏に避けた三人すらも通り過ぎ、土壁に突き立った。

引きずられた侵蝕者が顔から地面に激突する。

もう一度乱歩が鞭を引くと、腕から鞭が抜けた。

「終演です！」

侵蝕者の首筋へ鞭を振り下ろす。

全身を青き焔で焼きながら消えた炎上する嫉妬心は、最後の一瞬笑ったように乱歩には見えた。

侵蝕者の首魁《しゅかい》に見えた炎上する嫉妬心を倒しても、夜は鏡花たちを手放さない。静寂を取り戻した江戸の街に残されたままということは、いまだ浄化ならずという現実を四人に知らしめていた。

「ずいぶん驚いていましたが、大丈夫ですか？」

乱歩の背後に寄った鏡花が、己が左手にある本を撫でながら問う。純白のシルクハットの縁を指先でなぞり、乱歩が苦笑いを浮かべる。顔を濡らしていた洋墨は、敵の消失とともに綺麗《きれい》さっぱり消えていた。

「トリックを見破る間もなく襲われてしまいました。我ながら不覚を取りました」

冴《さ》えた視線をむけてくる鏡花に、笑みを浮かべながら奇術師然とした文豪は言った。それから小さな呼気をひとつ吐き、行く末の闇を見つめる。

「さて、まだ終わっていないようですね」

「とにかく侵蝕者を探して浄化しましょう」

　敦の声にうなずきを返し、乱歩が歩き出す。

「申し訳ありマセン」

　消え入りそうな声でつぶやいた八雲に、鏡花が何事かを語っていたが、乱歩の耳はそれをとらえていない。

　紀ノ国坂を登り終え、しばらく道なりに進んでいると、四人の目が明かりをとらえた。延々と続く白壁の谷間にくぐもる闇の先に、橙《だいだい》色した提灯《ちょうちん》の火がぼんやりと浮かんでいる。茶色味を帯びた提灯には〝蕎麦《そば》〟という文字が墨書され、闇夜に浮かび上がっていた。

「お腹《なか》が空《す》きませんか？」

おずおずと敦が問う。

答えは返ってこない。

「ねぇ、みなさん？」

「そんな暇はありませんよ、中島さん」

きっぱりと鏡花が告げると、敦はわずかに顎《あご》を下げてうつむいた。先頭を進んでいた乱歩は、二人のやり取りを肩越しに眺めていた。そして、眉尻を下げて黙る敦の姿を一《いち》瞥《べつ》し、歩調を速める。革靴の爪先《つまさき》が蕎麦屋の屋台のほうにむいていることに気付いた鏡花が、マントにおおわれた背中に声をかけた。

「乱歩さん？」

「手がかりがないまま闇雲に歩いていても仕方が無いでしょう。あの店の御主人に聞いてみましょうよ」

反論を拒むように乱歩が三人から離れて速足で歩きだす。

「ちょ、ちょっと乱歩さん。鏡花さんがそんな暇は無いって……」

敦の声は乱歩には届かない。

三人を道に残したまま、乱歩は屋台の暖簾《のれん》をくぐり長椅子《いす》に腰かけた。

「ちょっとお伺いしたいのですが」

「なんでしょう」

どんぶりでも洗っているのか、店の主人は客に背をむけたまましわがれた声で答えた。

「この辺りでおかしなことはありませんでしたか？」

「おかしなこと？」

「はい。たとえば青い色の火の玉を見たとか、墨汁を垂らしながら浮かんでいる化け物を見たとか、そういう話です」

「さてねぇ……」

どれだけ声をかけられても、主《あるじ》はこちらをむこうとしなかった。客への無礼など、乱歩はなんとも思わない。口許に不敵な微笑をたたえたまま軽口を吐き続ける。

「先程紀ノ国坂で妙な物を見たんですよ」

「妙な物ですか」

「そうなんですよ。娘さんがひとりで泣いてたんで、どうしたのかと問うたんです」

「ほぉ」

主の声が関心を示したように深く沈んだ。その背がちいさく震えていたのだが、乱歩は提灯の明かりに照らされた天井に張った蜘蛛《くも》の巣を眺めていたせいで気付かなかった。

「ワタクシの声を聞いた娘が振り返ったんですよ。そしたらどうなったと思います？」

「どうなったんですか？」

「さっきからワタクシの問いに問いを返してばかりですね」

主は答えない。仕方なく乱歩は話を続けようとした。

その時、三人が暖簾を掻き分け顔を見せる。

「乱歩さん」

責めるような鏡花の言葉を聞き流しつつ、乱歩が主に語る。

「その娘、顔が無かったんですよ」

「そうですか、そうですか。それは恐ろしい目にお遭いなさりましたな」

主の声に喜色が滲《にじ》んでいる。

「そうなんですよ。本当にびっくりしましたよ」

「その娘さんの顔というのは」

主がゆっくりと頭を回し始める。

「こんな顔ではありませんでしたか？」

急に振り返った主の顔には目も鼻も口も無かった。

「なっ！」

驚きの声を吐いた乱歩が長椅子から腰を浮かした刹那、主が煮えたぎった鍋《なべ》や積み上げられたどんぶりを越えながら、襲って来た。

暖簾の下に立っていた三人は、主の突然の変貌になんとか対応できた。屋台から飛び退《すさ》るようにして後方に飛ぶと、いっせいに本を武器に変える。

鏡花たちの周囲に青い焔が群雲のごとく湧《わ》いた。

「またですか」

武器を構える鏡花の視線が取り囲む異形たちを睨《にら》んだ。

一方、乱歩は長椅子のほうへと飛び掛かってきた店の主に抑えられるようにして後頭部から地面に叩きつけられていた。

「まっ、また！」

眼前に迫る主ののっぺりとした顔が裂け、無数の牙が現れた。

「同じ手は喰らいませんよっ！」

叫んで頭突きを喰らわせようとした乱歩の頭が、虚空を打つ。その瞬間、乱歩は右の手首に激しい痛みを感じた。

「くっ！」

頬を歪める乱歩の額から汗がしたたり落ちる。

店の主が手首に噛みついていた。右手にあった本はすでに鞭に変貌しているが、噛まれたままでは振るえない。

乱歩の手首に噛みついたまま、主の体が焔に包まれる。

丸まった背から幾本もの腕が生えた。三つ四つ関節を有した細い腕は、主の背中で思い思いに蠢《うごめ》いている。主の口は耳のあたりまで裂け、目から瞳《ひとみ》は消えさり、乱歩の上にまたがる老人のやせた体に力がみなぎっている。そのやせて丸い背から、まるで別の生き物が寄生しているかのごとくに無数の腕が生えていた。

「おやおやこれは……」

にやけ面《づら》で乱歩がつぶやく。

「まったく、なんなんですか、アナタたちは」

乱歩の声になんの反応も示さずに、主は背から生えた腕を器用に動かし、乱歩の全身を無数の手で拘束した。

「離しなさいっ！」

叫びながら身を捩《よじ》るが、どうしようもない。

右の手首から口が離れた直後、自由になった顔に浮かぶ牙だらけの口から、洋墨の涎《よだれ》が垂れる。

「ちょっ！　ちょっと！　ま、またっ！　汚いってでしょっ！」

滴り落ちる涎を頭を左右に振って避けながら叫ぶが、乱歩には抵抗する術《すべ》はない。

主が己を見て笑ったように乱歩は感じた。目がないのだから見てはいないのだろうが、とにかく乱歩にはそう思えた。

顎が外れんばかりに主が口を開く。いや、じっさいに主の顎は外れていた。大きく開いた口はもはや、人のそれではない。乱歩の脳裏には巨大な獲物を丸呑《まるの》みにする大蛇の姿が浮かんでいた。

「やっ、止めなさいっ！」

乱歩の悲鳴が虚《むな》しく響く。

激しく振る頭で三人の姿を追うが、取り囲む侵蝕者たちとの戦いに必死で、乱歩を助ける余裕などないようだった。

「だっ！　誰かっ！」

なりふり構わず叫ぶ。

洋墨の涎でベトベトに濡れた主の口が、じわじわと迫ってくる。

鞭を振るおうとするが、嚙まれた手首が痛んで力が入らない上に、主の背から生えた手で抑えられているから動かせない。

「これはピンチ！」

敵が聞いてくれるはずもないと思いながらも、乱歩は叫んだ。

ばっくりと開いた主の口から生臭い臭《にお》いがする。吐き気を覚え、乱歩は思わず目を閉じた。

暗闇のなか、悪《あ》しき臭気が濃くなってゆく。

駄目だ……。

心の奥底で不吉な予感が閃《ひらめ》く。

　牙の先が首筋に触れ、生温い悪寒《おかん》が背筋を駆け抜ける。

「乱歩サンッ！」

「ヒギャァァァッ！」

　八雲の声がしたと思うとすぐに、甲高い悲鳴が乱歩の耳を襲った。首筋に触れていた牙が遠のいたと直感した乱歩は目を開く。

　刃の鞭が主の背から生えた腕の群れの根元を縛りつけていた。締めあげられた腕から洋墨の血飛沫が上がっている。よほど痛むのか、屋台の主が変じた侵蝕者は夜空に叫んでいた。

「視えマシタ……」

　誰に言うでもなく、八雲がつぶやいた。それから乱歩に目をむける。

「大事御座りませぬカッ！」

　叫ぶ八雲が鞭を引いた。その左目を覆っている眼帯の辺りが仄《ほの》かに光っている。それがなにを意味するのか乱歩には解らない。ただこれまでまったく動かせなかった四肢に、幾何《いくばく》かの余裕が蘇《よみがえ》っていることにはすぐに気付いた。

　この機を逃すまいと、乱歩は右手に力を込める。痛みに構っている余裕はなかった。とにかく一刻でも早く、拘束から逃れなければならない。

「いい加減に離しなさいっ！」

叫びながら右腕を振るう。

乱歩の気合に同調するように、八雲も鞭に力を込めた。

敵の背に生えた無数の腕が根元から断ち斬《き》られ、宙を舞う。

悶絶《もんぜつ》する侵蝕者はおおきく仰け反った。

ついに拘束から逃れた乱歩が立ち上がる。

「無事ですかっ！」

周囲の敵と戦う鏡花が問う。

「おかげさまで、なんとか無事ですよっ！」

苛立《いらだ》ちを隠しもせず乱歩が怒声で答える。

「サァ乱歩サンッ！」

八雲が乱歩の隣に立った。

「はい！」

乱歩はうなずきを返す。

突き飛ばされてよろめいていた蕎麦屋の主が、ふたたび乱歩と八雲に顔をむけた。

「シシシシシ、シシャァァァァッ！」

悲鳴じみた咆哮《ほうこう》とともに、背中から再び腕が生える。

「気色の悪い蜘蛛ですね。トリックを識《し》る気にもなれません」

ゆらゆらと腕を蠢かせる敵に蔑《さげす》みの視線をむけながら、乱歩が溜息混じりにつぶやく。

八雲は鞭を構えたまま、じっと機をうかがっている。

両肩から伸びる二本の腕を地に付くほどに垂らし、前のめりになりながら敵は二人へと顔をむけている。背から生えた腕は虚空をつかむような動きをしていた。

「乱歩サン」

「わかっています」

侵蝕者をにらんだまま、二人は言葉を交わす。

敵が動いた。

背骨を中心にして左半身から生えた腕は乱歩を、右半身からのそれは八雲を狙《ねら》って伸びる。

「伸縮自在……。なんですね」

乱歩が淡々とした口調で言った。

八雲は無言のまま、襲い来る手を見つめている。

どちらからともなくうなずいた。

同時に鞭を繰り出す。

刃を生やした八雲の鞭は背の腕を、黒く撓る乱歩の鞭は屋台の主の首を狙う。

敵と二人を隔てる間合いの中程で腕の群れと鞭が交錯した。

鞭を繰り出す手を突き出したまま、乱歩は右へ八雲は左へと飛ぶ。先刻まで二人がいた辺りに青白い腕が殺到する。

「ギュッ！」

首に鞭を巻き付けて侵蝕者が短い悲鳴を漏らした。

「八雲さんっ！」

「合点承知ッ！」

腕と首に巻きついた鞭が同時に、敵を締め上げる。自由な胴と足をじたばたさせて、侵蝕者がもがく。

「行きますよっ！」

「ハイッ！」

体を回転させながら二人が叫んだ。

ギュルギュルと音を発《た》てて、腕と首を絞りながら鞭が敵の肌を滑る。

洋墨の飛沫が屋台の主から舞う。

一旦《いったん》持ち主の元へと戻って来た鞭が、円を描きながら主人を守る。

すでに敵は抗《あらが》う力を無くしていた。

「同じトリックを二度も使うものじゃありません」

厳しい目付きで敵をにらみつけながら乱歩が告げる。

「ワタシは戦いマス」

眼帯の辺りからはいまだうっすらと光を放ちながら、涼やかな右目だけで侵蝕者を見つめて八雲がつぶやく。

もはや二人に言葉は無用だった。

「異国からおいでになった怪談王っ！」

乱歩が叫ぶ。

「ダラララララ……ダンッ！　八雲！　デスッ！」

二匹の蛇が二重らせんを描きながら敵へと飛来する。

全身を洋墨の血で濡らしながら、屋台の主は呆然《ぼうぜん》と立ち尽くす。

「グウゥゥゥゥ……」

双蛇が光の柱と化した。

煌《きら》めきの奔流が敵を呑みこむ。

夜の闇を照らす光のなかで、敵の悲鳴が段々と小さくなってゆき、ついには聞こえなくなる。

光が絶え、再び夜が戻ってきた時には、敵の姿は綺麗さっぱり無くなっていた。

光は二匹の蛇となり、鞭へと姿を変える。そして最後には本という安息の容《かたち》に至り、落ち着きを取り戻した。

「こちらも終わりました」

すでに髪を下ろしてメガネをかけている敦が乱歩と八雲に歩みよりながら微笑む。鏡花は刃に付いた洋墨を一度切っ先を小さく震わせて振り落としてから、刀を本に戻した。

「助かりました」

隣に立つ眼帯の文豪を見つめて乱歩が言った。

「イエ……」

不安を秘めた唇に強張《こわば》った笑みを浮かべ、八雲は答える。それを見て乱歩が手を差し出す。

「転生して間もないというのに、みずからの著作に潜書することになって、アナタはアナタで戦っているのですよね。配慮が足らず申し訳ありませんでした、八雲さん」

「こちらこそ、宜《よろ》しく……。デス」

「やはり……」

天を見上げて鏡花がつぶやく。舞い上がる風に吹かれ、襟飾りが揺らめいた。

空に輝く星が光を強めてゆく姿が、涼やかな瞳に映る。夜空一面を白色に染めた光は、鏡花たちが立つ江戸の街をも包んでいった。

「今度は本当に浄化できたんでしょうか？」

不安そうに言った敦の声に、光を浴びながら乱歩が言葉を重ねる。

「今度はどんな所でしょうね」

「不吉なこと言わないでくださいっ！」

「ちょっと待ってください」

耳元に手をやりながら鏡花が乱歩と敦の会話を制する。

「館長からです」

*

「聞こえるか、泉！」

通信装置にむかって叫ぶ館長の目は、真剣だった。

浄化後の文豪たちと交信が途絶え、しかもふたたび侵蝕《しんしょく》が始まるなどということは前代未聞《みもん》である。

館長は秋声とともに幾度も交信を試みた。砂が吹き荒れるような音だけが長い間つづいた後、それは唐突に途絶えたのである。

「……きこ…ますか…んちょう」

鏡花の声だ。

「状況はどうだ」

こちらが声音に必死さを見せれば、本に潜っている文豪たちを不安にさせる。ただでさえ彼等はみずからの心をすり減らしながら戦っているのだ。サポートする者たちは常に平静でなくてはならない。

そう思っているのだが……。

焦《あせ》る。

「二度目の浄化がどうやら完了したようです」

明瞭《めいりょう》な鏡花の声が、館長の波立つ心をすこしだけ軽くする。

「そうか」

答えて背後の秋声に視線をむける。努めて平静を装《よそお》うとしているが、本を見つめる目に動揺の色が滲んでいた。

「本はどうだ？」

「染《し》みが消えてきました」

黒い染みがなくなれば、鏡花が言うとおり浄化が完了する。

「館長っ！」

装置のむこうから聞こえてくる声が、真剣味を帯びる。秋声にむけていた顔を、館長はふたたび装置にむけた。

「浄化は完了したんだ。帰還できるはずだ」

「ま、待ってくださ……」

鏡花の声が途切れ途切れになる。

「おい、どうした」

「さ……。寒い……」

「なにがあった？　答えろ、鏡花っ！」

声は消え、ふたたび砂嵐《すなあらし》が巻き起こる。

「館長」

秋声の視線が、洋卓《テーブル》の上に置かれた『怪談』を示している。

いったんは染みが収まりかけていた本の側面に、ふたたび黒色の斑《まだら》模様が広がってゆく。

「このままではみんなが危ない。ふたたび侵蝕がはじまり、鏡花たちも本のなかに留まっていたから事なきを得ましたが、さっき言ったように図書館に帰還する途中になんらかの事故が起こった場合はどうします？　今回の侵蝕は手強《てごわ》い。どうやら本のなかも不安定なようです。最悪の事態が起こる前に最善の手を打ったほうが良いのでは？」

秋声の言葉を黙って聞いていた館長が、小鼻に皺《しわ》を寄せて苦しそうな顔をしてから、椅子に座ったまま大きくうなずいた。

「撤退指示か」

「それしかないかと」

「やむを得ん」

「わかりました」

秋声が鏡花たちを本のなかから呼び戻そうとする。

「っ！」

「どうした」

「駄目です」

本を前にして秋声が呆然とする。

「なにかがこちらの指示を阻《はば》んでいます」

「どういうことだ？」

「撤退指示が出せません」

館長が立ち上がって洋卓に近寄る。

「泉たちは本に囚《とら》われてしまったというのか？」

「わかりません……」

言った秋声が侵蝕を受けている『怪談』を手にしてめくった。

めくってもめくっても黒い染みが広がっている。いまはまだ染みは点々と散らばっているだけだが、完全に侵蝕されてしまえば全《すべ》てが真っ黒に染まる。

「鏡花はたしかに浄化が完了したと言いましたよね？」

秋声の問いに館長が黙ってうなずく。

「なのに何故《なぜ》また侵蝕が……」

言いながら頁《ページ》をめくる。

秋声は普段、同郷であり兄弟子でもある鏡花と仲が悪い。天才肌でなにごとにも熱い鏡花が嫌いだった。地道に一作一作積み上げながら一歩ずつ不器用に進む秋声にとって、鏡花の存在はあまりにも眩《まぶ》しい。

嫉妬している。

しかし……。

居なくなられるのは嫌だ。

侵蝕者などという理不尽な悪に屈して消え去るなど、鏡花らしくない。陽光を満身に浴びて眩《まばゆ》いほどに輝く華のごとき兄弟子は、そんな愚かしい滅び方など決してしない。

断じてありえない！

「こうなったら帝國図書館の知恵を結集させて、なんとしてでも鏡花たちを本から呼び戻す」

館長が固い決意のもと言い放つ。

「待ってください」

秋声が本をめくる手を止めた。

「鏡花は通信が途切れる刹那、寒いと言いましたね」

言った秋声が頁をめくって館長に示した。

「ならば恐らくいま、彼等がいるのはここではないかと思われます」

「雪おんな」

つぶやいた館長の耳には、依然として砂をこすり合わせるような音だけが聞こえていた。

　斑に広がった染みのなかに浮かぶ〝雪おんな〟という文字を館長の前に掲げたまま、秋声は語る。

「『怪談』は複数の小編、短編で構成されています。もしかしたら鏡花たちはここを行き来しているのではないでしょうか？」

「ひとつの小編を浄化したら、別の話が侵蝕を始めるというのか」

「そう考えられませんか？」

「だったらどうだと言うんだ」

「もう少し、鏡花たちに任せてみませんか？」

「正気か、秋声」

若き文豪は答えた。

「鏡花たちなら必ずやってくれます」

根拠はない。

だが、信じていた。

「むじな」　了

其《そ》の参

「館長っ！　聞こえますか、館長っ！」

叫ぶ鏡花の口から吐き出される息が真っ白だった。

吹きすさぶ風に翻弄《ほんろう》され、雪が右に左にと向きを変えながら降ってくる。

吹雪だった。

「駄目です」

目を閉じ首を左右に振った鏡花に、乱歩が溜息《ためいき》を吐く。

「ここはどこなんですか？　浄化が完了して現世《うつしよ》に戻ってみたら雪国に飛ばされた、なんてことはないんですか？」

「館長との通信が途切れたんです。まだ本の中だと考えたほうが賢明でしょう」

紅葉を散りばめた薄緑の羽織の前を手で閉じながら、鏡花が答える。

「やっぱり……」

いまにも泣きそうな声で言った敦のメガネは寒さで曇っていた。白虎《びゃっこ》の毛皮で首と口《くち》許《もと》を隠しているから、息がメガネに直接かかるのだ。

「とにかくなんですか、人を殺す気満々のこの寒さは？」

マントの前を閉じながら、乱歩が辺りを見渡す。

雪、雪、雪……。

四方を見渡してみても、雪以外になにもなかった。

天は灰色の雲に覆《おお》われ、地は雪で埋め尽くされ、天と地の狭間《はざま》にはまだ群れに囚《とら》われる前の雪の粒が舞い踊っている。

天の灰色から地の純白まで、緩やかな濃淡を描きながらのっぺりとした景色が鏡花たちを包む。

「なんですか、これは……」

乱歩が溜息混じりに言った。

「このままじっとしていると、ワタクシたちは全滅しますよ？　もしかすると、これは新手の侵蝕者《しんしょくしゃ》なんじゃないですか？　この世界すべてがひとつの侵蝕者で、この寒さでワタクシたちを殺そうとしているんじゃないですか？　そう考えると辻褄《つじつま》が合う。現にこうしてワタクシたちは、戦いもせずに凍え死にそうになっている」

「あんまり喋《しゃべ》ると、口の中が凍ってしまいますよ」

「喋っていないと、寒さで固まってしまいます」

鏡花の助言にそう抗弁してから、乱歩は八雲に体を向けた。

「どう思います、八雲さん？」

「ハイ？」

問うた敦の真意が読めず、八雲が首を傾《かし》げる。

「このままじっとしていても埒《らち》が明かないと思うのです。現状を打開するにはどうすれば良いか、ご意見を聞かせていただけませんか？」

顎《あご》に手を当てて考えた八雲は、会派筆頭である鏡花をチラリと見て、気を使いながら重い口を開いた。

「乱歩サンの言うとおり、このままココに立っていれば、ワタシたちは死んでしまうデショウ。だからと言って無闇矢鱈《むやみやたら》に進めば、これもまた危ないデス」

「八方塞《ふさ》がり……。ということですか」

肩を落とした敦の隣で、乱歩がマントのなかで手を叩《たた》いた。

「とにかく進みましょうよ。ここで凍え死ぬなんて馬鹿馬鹿《ばかばか》しいじゃありませんか」

「そうやって闇雲に進んで、あなたは先程、侵蝕者の奇襲を受けたじゃありませんか」

鏡花の鋭いツッコミに乱歩は苦笑いを浮かべる。

「クッサメッ！」

八雲がくしゃみをした。それを目聡《めざと》く見た乱歩が鏡花に告げる。

「会派筆頭として仲間を危険にさらさぬよう慎重にならざるを得ないのはわかりますが、行動を起こさず打開する策もなく全滅するのでは筆頭である資格などありませんよ。慎重と無策は違うのです」

「先刻は八雲さん、今度は僕。あなたは諍《いさか》いを起こすために言葉を弄してばかりだ」

「別にワタクシは諍いなど望んでませんよ。ただどうするのかと問うているのです」

「このままじっとしているわけにはいかないでしょう。進路を決め、進みましょう」

「最初からワタクシがそう言っているじゃないですか」

「あなたのように闇雲に進むとは言っておりません」

「だったらどうやって進路を決めるのですか？」

「だからそういうあなたの物言いが諍いを生むと……」

「二人とも止《や》めてくださいっ！」

睨《にら》み合う二人の胸を敦が割って入って抑えた。

「喧嘩《けんか》しても始まりませんよ。とにかく二人とも冷静になりましょう。いきなり吹雪のなかに放りだされて気が立っているんですよ。ね、落ち着きましょう。落ち着けば、きっと道も定まりますよ」

「ワタクシはいたって冷静です。しかし、呑気《のんき》に落ち着いていられるような状況ではありません。事態は一刻を争うのです」

乱歩の言葉の最後に八雲のくしゃみが重なる。

「ほらご覧なさい」

得意そうに乱歩が言うと、鏡花が眉尻《まゆじり》を吊《つ》り上げる。

二人の間で苦闘する敦が、助けを求めるように目で八雲を探す。

「えっ……」

八雲は三人のやり取りに興味を示さず、鼻をすすりながら吹雪のなかへ四歩五歩と足を進める。

「ちょ、ちょっと八雲さん」

敦の声を耳にした乱歩と鏡花も、八雲の動きに気付いた。

「なにをしているんですか？」

鏡花が声をかけると八雲が足を止めた。そしてゆっくりと右手を挙げて虚空《こくう》を指さす。

「人デス」

「えっ！」

歓喜の声をあげた乱歩が、雪に足跡を刻みながら八雲の隣に並ぶ。

「ホラ、あれデス」

八雲が指し示す先を、シルクハットに掌《て》をかざし目を細めながら乱歩が見つめる。

「どこですか？」

鏡花も乱歩とは反対側の八雲の隣に立つ。

「あそこデス」

「あっ、本当だ！」

はじめに見つけたのは乱歩でも鏡花でもなく、八雲の前にしゃがんだ敦だった。

「見えませんか？　こちらに歩いてきます」

敦の言葉を聞いた乱歩と鏡花がほぼ同時にうなずいた。

細めた目で雪中の人影を凝視しながら奇術師然とした文豪がつぶやく。

「蓑《みの》ですか？　頭には笠《かさ》を被《かぶ》っていますね」

「スキーも防寒着も無い時代なんですよ」

敦の言葉にうなずいた乱歩が人影にむかって走り出した。

「とにかく天の助けですよっ！」

「まったく……。彼は懲《こ》りるということを知らないのですか？」

ため息まじりに言った鏡花が乱歩の後を追う。

「待ってくださいっ！　置いていかないでくださいよぉっ！」

敦も走る。

「ワタシも行きマス！」

叫んだ八雲も、三人の背中を追った。

「いやー、あんなところで人に会うとは思ってても見なかっただ」

囲炉裏の前に座る髭面《ひげづら》の男は、炎に手を当てながら震える四人にむかって大声で言った。

「儂《わし》の名は巳《み》之《の》吉《きち》。樵《きこり》をしとる」

髭面の男はそう言って膝元《ひざもと》に置かれた椀《わん》をひとつ取り、杓子《しゃくし》を手にすると、囲炉裏の自在鉤《かぎ》にかけられた鉄鍋《てつなべ》のなかに差し入れた。

「満足なもてなしはできねぇけんど、嬶《かか》ぁが作った猪汁《ししじる》でも喰って体暖めてくれな」

巳之吉は、いちいち声が大きい。しかし悪い男ではないようだった。

「ほれ」

「すみません」

猪汁が注がれた四つの椀がそれぞれに配られ、最後のひとつを手にした敦が礼を言ってからおそるおそる縁に口を付けた。火傷《やけど》をしないようにゆっくりと椀を傾けてゆく。尖《とが》った唇の間から、茶褐色の汁が流れ込む。

その瞬間、敦の大きな目がいっそう大きく見開かれた。そしてそのまま箸《はし》で椀のなかの薄く切られた肉をつまんで口に入れる。

「美味《おい》しいです」

そう言って笑った敦に、巳之吉が嬉《うれ》しそうにうなずく。

「そうだべ？　うちの嬶ぁが作った猪汁は村一番だからよ」

「たしかにこれは体が温まりますね」

ひと口ごとに丁寧に椀と箸を置いて味わいながら、鏡花がしみじみと言った。他の二人は感想を述べず、自分のペースで味わっている。

瞬《また》く間に一杯目を食べ終えた敦が、椀の上に箸を置いて深い息を吐いた。膝に手を置き満面の笑みで巳之吉に語りかける。

「一時はどうなるかと思いましたが、巳之吉さんのおかげで本当に助かりました。猪汁のおかげで体も温まりましたし、本当にありがとうございます」

いやいや、と照れ臭そうに掌を振りながら、巳之吉が空になった敦の椀に手を伸ばす。

「もう一杯どうだい？」

「はは……。どうも」

そう言って敦が椀を差し出すと、巳之吉は本当に嬉しそうに目を弓形に歪《ゆが》めて空の椀に猪汁を注ぐ。

「雪山んなかに不思議な格好した人がおるで、びっくりしたども、見て見ぬふりするわけにもいかねぇからなぁ」

雪山を歩いてきた時の巳之吉は襦袢《じゆばん》の上に綿入れを着込み、その上に獣の皮を纏《まと》い、さらに蓑を被《かぶ》るという重装備であった。それらを脱ぎ捨て、普段着となってはいるが、粗末な着物である。雪焼けした褐色の肌の頭の上には白髪混じりの髷《まげ》が乗っていた。

つまりここもまた〝過去〟なのだ。

敦たち四人の格好を面妖《めんよう》に思っても無理はない。

「あの」

右手を顔のあたりまで掲げながら、乱歩が巳之吉に声をかける。

「なんですかい？」

「この美味しい猪汁をお作りになられた奥方は、どちらにいらっしゃいますか？」

「奥方なんて大したもんじゃねぇよぉ」

そう言って巳之吉はゲラゲラと笑ったが、まんざらでもなさそうだった。そんな杣人《そまびと》をにこやかに見つめながら、乱歩が言葉を重ねる。

「直接お礼を言いたいと思いまして」

「あぁ、気にしなくても大丈夫だ。うちの嬶ぁはびっくりするくれぇの照れ屋だて、お客様に顔を見せられねぇっつって、子供といっしょに奥の部屋にいるんでさ。無礼かもしんねぇが、勘弁してくだせぇ」

「いやいや、それなら結構です。非常に美味しかったとお伝えください」

シルクハットを脱いで、乱歩が深々と頭を下げた。

「あの梁《はり》は雪の重さに耐えるための物なのデスね……」

そう八雲がつぶやいた。

みなのやり取りに気を留めるでもなく、八雲はしきりに家のなかを見回している。囲炉裏の煙で真っ黒になった太い梁。藁葺《わらぶ》きの屋根を支える幾重にも張りめぐらされた梁。主人が捕ってきたものか、兎《うさぎ》などの獣の皮がいたるところに吊るされている。土間の端の薪《まき》に竈《かまど》の熾火《おきび》。すみずみに視線を送っていた。

「どうしました？」

そんな八雲の姿を横目に見ながら鏡花が問うた。

「イエ……」

「なにか気になることでもありましたか？」

「心配御無用、デス」

答えた八雲が口許に強張《こわば》った笑みを浮かべた。そんな姿を囲炉裏の向う側から見ていた乱歩が優しく問いかける。

「まだ心が乱れていますか？」

「イイエ、もうすっかり元気デス」

乱歩に礼をした八雲は、巳之吉にむかって快活な声をかけた。

「御主人。ワタシにもおかわり下サーイ！」

無理に明るく振る舞っている八雲を見ていた乱歩と鏡花が、彼から視線を逸《そ》らして見合った。

八雲の椀に汁を注ぎ終えた巳之吉が、ゆっくりと四人を眺める。

「本当に不っ思議な格好してるが、あんたたちはいってぇどっから来たんだね？」

「あのですね……」

襟飾りを指で撫《な》でながら、鏡花が言葉を濁した。

「まぁ、たしかにこの近在の者ではないのは確かです」

助け船を出すように乱歩が言うと、巳之吉は目を丸くして乱歩を見る。真ん丸に開いた鼻の穴からは堅そうな鼻毛が乱暴にはみ出していた。

「わかった！」

壮年の樵は毛におおわれた手を分厚い胸の前で激しく打ち鳴らした。

「異国のようで異国じゃねぇ。でも異国みてぇに別の所から来た。そうなんだな、あんたたち！」

「い、いやぁ……」

困った敦が目をそらすようにして、虚空を見つめた。

「あんたたちは、神様か、仏様か、それとも妖《あやかし》かい！」

「おやおや」

乱歩が肩をすくめた。

鏡花は無言で冷めた汁が残る椀を見つめている。

敦は虚空を眺めて硬い笑みを浮かべていた。

八雲だけが真剣に巳之吉を見つめている。

「そうデス。ワタシたちは異界の者デス」

「ちょ、ちょっと、八雲さん」

焦《あせ》る敦のほうを見ることなく、八雲は巳之吉に語る。

「ワタシたちはこの世界の住人ではありマセン。しかし神様でも仏様でも妖でもありマセン。アナタとおなじ人間デス。ただ、住むところが違うのデス」

「なんだかよくわかんねぇけど……」

巳之吉が眉間《みけん》に皺《しわ》を寄せて腕組みする。

「そうか。あんたたちはこの世の者じゃないんだな」

「まぁ、そういう解釈もあり得るかも知れませんね。アナタ、なかなか呑みこみが早い。杣人にしておくには惜しいですね」

左目のレンズを光らせて乱歩が言うと、巳之吉は真剣な顔になった。

「わかるんだよ」

「え？」

「儂には、あんたたちがこの世の者じゃねぇってことが、なんとなくわかっちまうんだよ」

呆《ほう》けた声を吐いた敦に睨むような視線を送ってから、巳之吉は鼻息を荒くした。

「あんたたちがこの世の者じゃねぇことは、雪山で見つけた時からわかってた。なぜかって？」

そこで巳之吉は一度深く息を吸った。そして腹に気を溜めるように肩を大きく上下させてから、四人にむかって言った。

「儂は昔、あんたたちみてぇなのに会ってるからな」

「巳之吉サン、その話はいけマセンッ！」

とつぜん八雲が声を張り上げ叫んだ。他の四人がいっせいに彼を見たが、異国から来た文豪は驚いたように目を大きく見開いてから顔を背けた。

「な、なんでもありマセン……」

一瞬、我に返ったように話を止めた巳之吉は、ひとつ咳払《せきばら》いをして真剣な眼差《まなざ》しで四人を見た。そしてひと言ひと言、確かめるようにしながらゆっくりと話し始める。

「あの日も今日のように吹雪の夜だった」

樵の言葉に耳を傾けながら鏡花がチラリと八雲を見たが、うつむいて誰とも視線を合わせようともせずに、異国から来た文豪は黙って話を聞いていた。

「仲間と一緒に家へ戻ろうとしていたが、あまりにひどい雪のせいで、川の渡し守もいなくなっちまってた。仕方が無いから渡し守の小屋で雪が止むまで待とうということになったんだが、しばらくすると仲間の爺《じい》さまは寝ちまった。このまま死ぬんじゃねぇかと思ったんだが、そん時、どこから現れたのか美しい女が小屋んなかに立っているのに儂は気付いたんだ」

落ち着いた口調で巳之吉は語る。囲炉裏の炎が、彼の言葉に呼応するように静かに揺れていた。

「白い服を着たその女は、寝ている爺さまに真っ白な息を吹きかけていた。小さな氷が混じってキラキラと光る息を爺さまに吹き終えると、今度は儂の前に立った。そりゃあ息を呑むような美しい女だった」

「その爺さまは……」

「乱歩さん」

割り込もうとした乱歩を鏡花が止める。巳之吉はニコリと笑ってから続けた。

「女は儂に息を吹きかけようとしたが、優しく笑って『気が変わった。おまえは生かしてやる。だが今日見たことを誰にも喋ってはならぬ』と言って戸口から出ていっちまった。女が消えた後、爺さまに触れてみたが、死んじまってた。ありゃあ、あんたたちと同じ、この世の者じゃなかったのよ」

巳之吉は語るのを止めた。

「喋ってはいけないと言われたのに、私たちに話して良いんですか？」

「あんたたちはこの世の者じゃねぇんだ。大丈夫だ」

巳之吉の言葉が終わると同時だった。

奥の部屋へと続く襖《ふすま》がガタガタと揺れ出した。吹雪が激しさを増し、家が揺れ始める。隙間《すきま》という隙間から粉雪が入ってきた。囲炉裏の火で温められていた室内が急激に冷えてゆく。

はじめに立ちあがったのは八雲だった。

異変に気付いた他の三人も本を硬く握りしめて腰を上げる。

八雲以外の三人は戸口のほうへと目をやったが、彼だけは何故《なぜ》か隣の部屋へと通じる襖のほうをにらんでいる。

「巳之吉さんはワタシの後ろに」

八雲が樵に語りかけながら、襖と巳之吉の間に立つ。

その時、激しく襖が開き〝女〟が現れた。

「お雪っ！」

女の顔を見て巳之吉が叫んだ。

白い白い女だった。

いま樵が語った話をなぞるかのごとく、お雪と呼ばれた女は白い単衣《ひとえ》に身を包み、血の気がいっさい感じられぬ純白の肌をしていた。血の気がないからといって死人のように硬直しているわけではない。生者のような瑞々《みずみず》しさと張り艶《つや》を持った肌をしていた。冴《さ》え冴《ざ》えとした切れ長で憂《うれ》いを帯びた目、すうっと通った鼻筋。どこまでも白い体のなかで薄い唇だけが眩《まぶ》しいくらいに紅《あか》かった。

「これは……」

まるで女に吸い込まれるようにして、鏡花が襖のほうへ一歩踏み出す。掌中の本はそのままだ。

「鏡花さんっ！」

異変を察知して敦が叫ぶ。しかし鏡花の耳には彼の声は入っていないようだった。

「美しい」

目を見開いて鏡花がつぶやく。しかし女は鏡花を見てはいない。寂しげな彼女の瞳《ひとみ》は、八雲の後ろで座ったまま固まっている樵へとむけられていた。

「約束したではありませんか」

女が言った。言葉とともに吐き出された呼気に、微細な氷が混じっている。強い風のなかで消えそうになりながらも必死に耐えている囲炉裏の炎が、か弱い光でお雪の息を照らした。深紅の唇から漏れ出た息は、細かい光を閃《ひらめ》かせながら彼女の頬をやさしく撫《な》でる。

巳之吉は答える言葉を失っていた。あんぐりと口を広げて女を見上げている。

「誰にも喋ってはならぬと、あの日約束したのに……。どうして……」

女の瞳から零《こぼ》れた滴《しずく》が頬を流れる間に氷に変わり、息に吹かれて宙に舞った。鏡花は忘我のまま見入っている。

「アナタの奥様なのですか？」

女と正対しながら、乱歩が顔だけを巳之吉にむけて問う。樵はお雪を見つめたまま、顎を幾度か上下させた。

「どうして……。どうして……。どうしてっ！」

お雪が叫んだ刹那《せつな》、彼女の体から青い炎が舞い上がった。

「やはりっ！」

敦が叫ぶ。

髪をかき上げ、メガネを外す。右手の本が武器に変わった。

「彼女のむこうには子供たちがいるのデショウ？」

八雲が巳之吉に問う。やはり樵は顎を上下させるだけで肯定の意を顕《あら》わした。

「皆サンッ！　外ヘッ！」

叫びながら八雲が巳之吉の手を取り、戸口のほうへと駆けだした。仲間の意図を悟った乱歩と敦が土間へと駆けだす。

「なっ！」

敦が足を止めた。

鏡花だ。

鏡花が女を見つめたまま呆然《ぼうぜん》と立ち尽くしている。

「鏡花さんっ！」

敦の声は鏡花には届いていないようだった。

「なんと……。なんと美しいのでしょう……」

うわごとのようにつぶやく鏡花は、女だけを見つめている。鏡花はただ単純に、目の前に立つ者が持つ絶対的な〝美〟に魅入られていた。

部屋のなかを舞い散る雪がいくつかの渦を作る。渦の中心へと吸い寄せられた雪が、次第に異形へと姿を変えてゆく。

侵蝕者だ。

「先に出ていろっ！」

乱歩に告げると、敦はふたたび板間に駆け上がって鏡花の腕を摑《つか》んだ。

「行くぞっ！」

鏡花の手を引いて、強引に戸口へと誘《いざな》う。その刹那、敦は女の背後を見た。十人ほどの子供たちが、身を寄せ合うようにして眠っている。どういうわけか、この変事に気付いていないようだった。これもこの女の力か、などと考えながら敦は、鏡花の腕を引きながら粉雪が乱舞する外へと躍り出る。

すでに外では侵蝕者たちが、八雲と乱歩を取り囲んでいた。八雲の足元では巳之吉が、怯《おび》えて震えている。

五人が家から出ると、開かれたままの木戸からお雪がゆっくりと姿を現した。藁草履《わらぞうり》すら履いていない細くしなやかな足先は、降り積もった雪に足跡をつけない。

彼女は宙を舞っていた。

「おやおや、どうやら敵も強くなっているようですね」

鞭《むち》を片手にシルクハットのつばを撫でながら乱歩が言う。

乱歩の言葉通り、彼等を取り囲む敵のなかにもはや不調の獣などという下等な物はいなかった。

左右の腕にそれぞれ四本の刃を戴《いただ》く〝自責の刃〟。人を傷つけた作家の自責の念によって生まれる侵蝕者だ。

フードを目深《まぶか》に被り巨大な拳《こぶし》の形をした文字の欠片《かけら》を両腕に纏う模倣の者もいる。他人の模倣しかできぬ作家の邪《よこしま》な心が産んだ侵蝕者だ。

手にしたパイプから上がる煙が文字の刃となって宙を舞う〝嗜癖《しへき》の刃〟は、現実逃避の末に現実に戻れなくなってしまった作家の挫折《ざせつ》が産んだ侵蝕者である。

人の形をした侵蝕者たちは十数人で群れを成し、乱歩たちを囲んでいた。

しかし……。

乱歩の顔に浮かぶ微笑には恐れは微塵《みじん》もなかった。

「さっきは無様な姿を見せてしまいましたからね。今回はとびっきりのショーを御見せしましょう」

行きますよ八雲さん、と語りかけると、銀髪の文豪は固い表情のままうなずき、巳之吉になにやら語りかけた。八雲の言葉を聞いた樵は力強くうなずくと、戦いの輪から逃げるように走り出す。

「さぁ開演いたします！」

叫ぶやいなや、乱歩が手にした鞭の根元あたりを手首に押し当てた。手袋の縁のあたりである。

「ハッ！」

気炎をひとつ吐いた乱歩は、鞭を手首に押し当てながら根元から先端まで擦《こす》った。手首と鞭が触れているあたりで火花が散ったかと思った刹那、鞭が炎上する。

「氷には炎です」

侵蝕者に楽し気に語りかける乱歩は、燃えた鞭を振り回す。

「ワタクシが敵に隙を作ります。八雲さんはトドメを刺すことだけに集中してください」

「心得まして御座りマスッ！」

強くうなずいた八雲が、乱歩が狙《ねら》いをつけた自責の刃をにらみつけた。

炎を吹く鞭が、自責の刃が繰り出す文字の欠片の剣の隙間を掻《か》い潜《くぐ》る。侵蝕者の顔を炎が焦《こ》がす。仰《の》け反《ぞ》り、攻撃の手を一瞬緩めた自責の刃の胴に、八雲の鞭が下から上へと襲い掛かる。体を真っ二つにされた敵は、悲鳴とともに青い炎となって消えた。

「まだまだ行きますよ」

「承知仕《つかまつ》りマシタ！」

二人は止まらない。

「逃がさない」

侵蝕者たちの包囲から抜け出た巳之吉にむかってお雪が語りかける。夫を追うように体をむけた女に、敦が立ちはだかった。二人の間でお雪を見つめる鏡花の手には、本が握られている。

「行かせるか」

お雪をにらみ、刀を構えて敦が言う。その目が一瞬だけ、鏡花をとらえた。

「おい！　しっかりしろ！」

仲間の言葉は鏡花の耳に入っていない。ただひたすらにお雪を見つめたまま、呆然と立ち尽くしている。その様はまるで、魔に魅入られているかのようであった。

「邪魔をしないで」

巳之吉へとむかう行く手をさえぎる敦にむかってお雪が邪悪な声を吐く。かすかに浮かぶ眉間の縦皺に、彼女の怒りが仄《ほの》かに滲《にじ》んでいる。

「馬鹿が、行かせるわけがないだろう」

きっぱりと答えた敦を見るお雪の目が、深紅に染まった。

「邪魔しないでっ！」

お雪の体を包む青い炎が無数の氷の刃に変じた。

白い衣に包まれた細くしなやかな両腕を敦へと掲げる。

氷の刃が切っ先を敦にむけて飛ぶ。

「ちいっ！」

舌打ちをひとつ鳴らし、敦は凄《すさ》まじい速さで刀を操り、殺到する刃を振り払ってゆく。ある物は叩き折られ、ある物は砕かれ、ある物は軌道を変える。敦は傷ひとつ負っていない。

「正気に戻ってくれっ！」

目の前に立つ鏡花を見て敦は叫んだ。

氷の刃は鏡花をも襲った。彼はいまだ刀を手にしていない。己を守ることすら忘れた鏡花の体は、冷たい刃に晒《さら》されて無数の斬《き》り傷を受けていた。

「死ぬ気かっ！」

「僕は……。僕は……」

うわごとをつぶやく鏡花の目はお雪を捉《とら》えて離さない。誰よりも美を求める鏡花の心は、完全にお雪に魅入られていた。

「この女は侵蝕者だっ！　倒さなければこの本もろとも消え去ってしまう。その美しさも、黒い染《し》みとなってこの世から消え去るんだっ！　それでも良いのかっ！」

悲痛な敦の叫びが鏡花の背を叩く。

「侵蝕者……」

「そうだ、侵蝕者だ。この本を……。八雲さんが描き出したこの世界を破壊する敵だっ！」

「そうか……。そうだった」

鏡花がおもむろに左手に持った本を挙げた。

「彼女は侵蝕を受けているのか。本来ならばもっと美しいはずなのに、黒い染みが彼女を変えてしまっているのか」

「そうだ。本をあるべき姿に戻すのが、お前の使命だろっ！」

「あなたの言う通りです、中島くん」

振り返った鏡花がうなずいた。そしてお雪へと視線を戻す。

「僕があるべき姿に戻してさしあげましょう」

本が輝く。

針のように細く鋭い刀を手に、鏡花は雪中に立つ。

新たな敵にお雪の瞳がますます紅に染まる。

「さぁ、来なさい」

眼前に掲げた刀を勢いよく下方に振って虚空を斬り裂く。斬撃《ざんげき》の衝撃が雪を舞いあげる。二人をへだてた純白の淡い柱の向こうに輝く鏡花の目が、お雪をとらえて放さない。

「あの人への道を邪魔するのなら、なにがあっても許さない」

言ったお雪の手がゆらりと挙がり、鏡花にむかって掌を掲げる。

恐れず鏡花は雪を蹴《け》った。

お雪だけを見つめたまま、鏡花は駆ける。

「退《ど》いてっ！」

叫んだお雪の手から、氷の槍《やり》が現れ鏡花へと飛ぶ。

雪のなかで瞼《まぶた》を閉じずに鏡花は、真正面から槍をむかえる。

「一時でも侵蝕者に魅入られてしまった己を、僕は恥じる」

回転しながらむかってくる氷の槍が、鏡花の鼻先へと迫った。

鏡花は止まらない。

槍を払おうともしない。

貫かれる……。

その刹那であった。

絶妙なタイミングで、敦が鏡花の脇《わき》へと駆け寄って、みずからの刀で上から槍を叩き落とした。

仲間の援護を鏡花は疑っていなかった。敦に礼を言うこともなく、ただひたすらにお雪を目指す。

「退けっ！」

左右の手から氷の刃をほとばしらせ、迫りくる鏡花を貫こうとする。

力強く見開かれた鏡花の瞳は、雪の女王だけを見つめていた。いま彼の心からは戦闘以外の想《おも》いは完全に消え失《う》せている。

鏡花の隣を並走する敦は、驚くべき集中力で、襲い来る氷の刃を的確に弾《はじ》き落としてゆく。鏡花の行く道は己が作ると言わんばかりの硬い決意で、一心不乱にキラキラと輝く透明の刃を四方八方天地左右に打ち払い続ける。敦の目はお雪を捉《とら》えていなかった。鏡花の間合いを忙《せわ》しなく動く冴えた瞳には、なにがあっても彼を守るという揺るぎない意思が漲《みなぎ》っていた。

鏡花が矛なら敦は盾。

ふたりは完璧《かんぺき》な調和でもって、一個の完全無欠の兵器と化していた。

「退いてっ！　あの人の元へ行かせてっ！」

お雪が腕を振るたびに、空が荒れて吹雪が勢いを増す。いつしか彼女の周囲には氷の渦が巻き起こっていた。

「中島さん」

「わかっている」

二人は短い言葉を交わすと、迷いもせずに氷のバリアへと踏み入ろうとする。

敦が鏡花の前に出た。

「おぉぉっ！」

咆哮《ほうこう》とともに大上段に構えた刀を、氷の竜巻へと振り下ろす。

鋼《はがね》と氷がせめぎ合い、ガリガリという音とともに微細な粒が弾けて敦の顔を打つ。

「まだだっ！」

振り下ろした刀の刃をクルリと反転させ、今度は下から上に斬り上げる。激しく吹き荒れる氷の渦の力は凄まじく、抵抗しながら斬るのはかなりの膂力《りょりょく》を必要とした。しかし敦は、己の腕が折れても構わぬという気概をもって、お雪を守る氷の壁を斬り裂き続ける。

間断なく繰り出される斬撃によって、敦の眼前の壁が次第に薄くなってゆく。

渦の中心からお雪の声が聞こえた。

敦の背後で道が開くのを待つ鏡花の頭上に、氷の虎《とら》が二頭飛び掛かる。

「邪魔はさせマセンッ！」

刃を無数に付けた鞭が、二頭の虎の胴を縛って、そのまま地面に叩きつける。

八雲と乱歩が鞭を振るいながら並び立つ。

「もうひと押しですね」

乱歩の楽しそうな声とともに、敦が作った氷の渦の隙間へと、炎を噴く鞭が炸裂《さくれつ》した。

夥《おびただ》しい湯気が氷の竜巻から上がり、人ひとりが通れるだけの隙間ができる。

「鏡花さんっ！」

八雲と乱歩が同時に叫んだ。敦は二人の叫びに呼応するように、力強くうなずく。

鏡花はこの一時に神経を集中させていた。

三人の声に背を押されるようにして、氷の渦にできた穴を鏡花が潜ってゆく。

攻撃を止めた三人の前で穴は瞬く間に塞がれ、氷の竜巻は元通りの激しさを取り戻した。

「ぎゃあぁぁぁっ！」

渦の中心から女の悲鳴が聞こえた。

「お雪っ！」

敦たちの元へと巳之吉が駆け寄る。渦のなかへ入ろうとする樵の肩を八雲がつかんで、止めた。

厚く垂れ込めていた黒雲がふたつに割れて、陽光が氷の渦を照らす。次第に速度を緩めた嵐《あらし》は、激しく照り付ける陽の光に溶けるようにして消えた。

巳之吉の目が、鏡花の武器で胸を貫かれたお雪の姿を捉える。

「お雪っ！」

巳之吉はふたたび妻の名を叫び、走り出した。

刀を抜きながらお雪に背をむけた鏡花と、入れ替わりに巳之吉が倒れる妻を抱き留める。

「わ、私たちの子を……」

「わかっとる。わかっとる」

「もっと、一緒に……」

お雪の白い手が巳之吉の雪焼けした褐色の頬に触れる。

「わ、儂がお前のことを話してしもうたから……。す、すまねぇ」

「馬鹿な人」

柔らかな笑みを浮かべたお雪の閉じた瞼から涙が一筋零れた。

鏡花たちは陽光に包まれる。

お雪が消え去るのが先だったのか、それとも眩《まばゆ》い光に包まれたのが先だったのか、誰にも解《わか》らなかった。

＊

「また本の染みが」

つぶやいた館長に、秋声がうなずく。

『怪談』の側面を覆っていた黒い染みが、またもや消え失せていた。

「浄化完了ということなのか？」

「わかりません」

ため息交じりで秋声が答える。

すでに二度、浄化した後に侵蝕は始まった。

二度あることは三度ある……。

館長と秋声の脳裏に不吉な予感が過《よぎ》ったとしても責める者はいない。

苛立《いらだ》ちを露《あら》わにして、館長が両の拳で本が乗せられた洋卓《テーブル》を叩いた。

「いったいどうなってるんだ！　『怪談』が小編、短編を集めた作品だからといって、浄化する度に新たな侵蝕が始まるなど聞いたことがない」

秋声は黙って聞いている。

恐らく図書館のなかで一番長く侵蝕者たちと戦ってきたであろう館長が知らないのだ。秋声にはどうすることもできない。

「鏡花たちは『雪おんな』の小編を浄化したということなのか」

「わかりません」

答えてから秋声は、己の素直な想いを言葉にして紡《つむ》ぐ。非常事態なのだ。考え得ることは、すべて俎上《そじょう》に乗せるべきなのだ。

「侵蝕は『雪おんな』が記されている場所だけではなく、全体に及んでいました。それは一度目の時も二度目の時もおなじです。ということは、『雪おんな』の箇所の浄化が済んだと考えるのも早計なのではと思うのです」

「なるほど……」

腕を組んで館長は黙考する。

「侵蝕は本全体に及んでいる……。浄化が完了してもすぐに侵蝕が始まる……。泉たちは恐らく別の場所に運ばれている……」

無数に存在する思考の細い糸を丁寧に選び取るようにして、館長がつぶやく。秋声は黙ってそれを見つめる。

この図書館の長《おさ》が固く目を閉じた。

重苦しい沈黙が部屋を支配する。

しかし秋声は黙したまま動かなかった。

いまだ四人は戻ってこない。

浄化が完了したというのにである。

やはり四度目の侵蝕が……。

その可能性が高い。

「もしもだ……」

目を閉じたまま館長がおもむろに言った。秋声は口を真一文字に結んで、続きを待つ。

「侵蝕が全体に渡っていたことから考えると、泉たちはこれまでに三度『怪談』自体を浄化したことになる。その仮説に立てば、各小編を単独で浄化しているわけではないということになるな」

「はい」

秋声は相槌《あいづち》とともにうなずく。館長はきつく閉じた瞼をゆっくりと開き、半眼のまま若い文豪を見上げる。

「ならばすべての小編、短編を浄化し終えなければ完全に浄化が終わらないということにはならない。ということは一見、浄化は完了しているように見えてはいるが、実は侵蝕の根は断たれていないのかもしれない。だから泉たちはいまだ本のなかに閉じ込められたままなのだ」

「たしかにそう考えると筋は通りますね」

しかし、と言って秋声はみずからの疑念を曝《さら》け出す。

「ならば何故、浄化完了と思わせ、別の場所に鏡花たちは運ばれているのでしょう？」

「うむ」

館長は再び黙りこんだ。

「焦ってもどうにもなりませんよ。とにかく、僕たちは判断を見誤らないようにするだけです」

「わかっている」

重々しい表情で、秋声を見た館長が苦し気につぶやく。そしてみずからの推論をふたたび語り始めた。

「すべての小編、短編を浄化しなくともよいとすれば、希望はある」

「それは？」

「『怪談』に収められている話は二十。そのうち怪談は十七編。十七回も浄化を繰り返すなど、どんな文豪にも無理な話だ。精神は必ず侵蝕されてしまう」

館長の言う通りである。

長時間潜書を続け、侵蝕者と戦い続ければ、どんな文豪であろうと侵蝕されて絶筆となってしまう。

「そしてどんな手段を使ってでも泉たちを強制的に帰還させたとして、二度目は最初からやり直すことになるだろう。また十七回だ」

「無理筋ですね」

館長はただうなずきで応《こた》えた。

「だが幾度も本そのものを暫定《ざんてい》的だとはいえ浄化していると考えれば話は別だ。すべての話を浄化する必要はないと考えられる」

「そうですね」

「なにかのきっかけがあれば、完全な浄化が可能だ」

そこで館長は己の顎《あご》に手をやった。

「潜書している泉たちの精神のことを考えると、あと二度が限度だろう。それで、浄化の後に侵蝕がはじまった場合には、どんな手を使ってでも強制的に彼等を現世《うつしよ》に呼び戻す」

「そうなれば、浄化は失敗です。ふたたび初めからやり直すことになる」

「彼等の無事をなによりも優先させる」

言った館長が椅子《いす》に座る。怒りが衝撃となって椅子を苛《さいな》み、軋《きし》みが悲鳴となって室内に響き渡る。

館長に冷静な視線を投げかけながら、秋声は淡々と語った。

「これだけの手間がかかる潜書です。新たなメンバーを構成して二度目の潜書を試みたとしても成功するかどうかわかりません。三度四度と潜書を試みているうちに……」

秋声が口籠《くちごも》った真意は、館長にも十分に伝わっている。

完全に侵蝕されれば、その本はこの世から消えるのだ。存在が消えるだけではない。人々の記憶からも消える。

つまり『怪談』という本は現世に生まれ出《い》でなかったことになるのだ。

本の記憶は著者の記憶でもある。

『怪談』が消えるということは八雲の存在にも重大な影響を及ぼす。

苦悶《くもん》の色を顔に滲ませる秋声にむかって、館長が穏やかな声で語りかける。

「泉たちはまだ戻ってこない。四度目の侵蝕がはじまると考えていいだろう」

「はい」

洋卓の『怪談』を秋声は見遣《みや》った。

頁《ページ》と頁の狭間《はざま》に影がうごめいている。

始まった……。

「館長」

秋声の視線を追って壮年のアルケミストも『怪談』に目を落とす。

影が小さな染みとなり、本の側面に点々と浮かぶ。

「反応は無いか？」

館長にうながされ、秋声は通信装置に手をやった。

「聞こえるかっ、鏡花っ！」

秋声の声を砂嵐が掻き消しているように思えた。同時に鏡花の呼びかけも、砂を巻き上げ荒れ狂う嵐に阻《はば》まれているのだろう。

「さっさと返事をしろよ、鏡花！　いつも僕に言うみたいにさ！　君がいなくなったら、誰が紅葉先生の迷惑なお願いに応えるんだよ！　帰ってこい、鏡花！」

想いが口から止めどなく溢《あふ》れ出す。

秋声の肩に暖かい手が触れた。

振り返った若き文豪の目に、頼りがいのある男の力強い顔が映る。

「大丈夫だ。泉たちならばきっと、侵蝕の根を断ってくれるはずだ。真の浄化に繋《つな》がる手がかりを、かならず見つけて最奥《さいおう》に辿《たど》り着く。信じろ、秋声」

「はい……」

館長から目を逸らし、砂嵐のような雑音が聞こえて来る通信装置を見て秋声は手を握りしめた。

「なにをやってるんだ、鏡花……」

斑《まだら》模様の染みが広がる『怪談』を見つめ、秋声はつぶやく。洋卓に置いた拳が震えている。

「しっかりしろ」

秋声の声は兄弟子には届かなかった。

「雪おんな」　了

其《そ》の肆《し》

　夏の湿り気をおびた大気の匂《にお》いが鏡花の鼻を刺す。草の匂いとも土の匂いともつかぬ、とにかく心をざわつかせる汚《けが》らわしい匂いに、細い眉《まゆ》が微《かす》かに歪《ゆが》む。

　雨が降ってもおかしくないような湿った風が、夕暮れになっても鳴き止《や》まない蟬《せみ》の大《だい》音声《おんじょう》を四人の耳に運んでくる。

「これはまた、怪談にはお誂《あつら》え向きな場所に来ましたね」

　周囲をぐるりと見まわして乱歩が言った。

　夏の夕暮れの暑さのなかでも冷え冷えとした石の群れが、彼等を囲んでいる。

　人の手で四角い柱状に加工された石が整然と並び、ある物は長い歳月のなかで斜めに傾き黒く変色して苔生《こけむ》し、またある物は誰にやられたのか中程から割られている。

　墓だ。

　見渡す限り墓の森である。

「ココに来マシタか……」

　八雲がおもむろにつぶやいたのを、乱歩は聞き逃さなかった。

　周囲の墓を見渡すようにクルクルと回転させていた体を、背後に立っていた八雲に正対するようにして止め、尖《とが》った顎《あご》に手をやりながら問う。

「アナタ、この本のことを思い出していますね？」

紫眼の文豪は、乱歩の問いにハッとなって右目を見開いた。その仕草を見ながら乱歩がゆっくりと歩み、八雲との間合いを詰める。「むじな」の時のような剣呑《けんのん》な気を乱歩が孕《はら》んでいないことは、鏡花と敦にもわかった。

「さっき巳之吉さんが、お雪さんのことを話し始めた時、アナタは止めようとしましたね？」

「それは僕も見ました」

敦が乱歩に同意するように言った。すると鏡花も無言でうなずく。

八雲は戸惑うように三人を見渡してうつむいた。

乱歩はさらに問う。

「お雪さんは巳之吉さんを襲った時、自分のことは誰にも話してはいけないと言って消えたんですよね。しかし巳之吉さんは、彼女のことをワタクシたちに話してしまった。だからお雪さんは化け物になってしまった」

そこでひと息ついてから、乱歩は人差し指で異国から来た文豪を指した。

「八雲さん、アナタは巳之吉さんがお雪さんのことを話したらどうなるのかを知っていた。だから止めようとしたんじゃないですか？」

しばし四人は口を閉ざした。

静寂など蟬の前では許されるはずもない。斟酌《しんしゃく》を知らぬ蟬たちは、仲間に問われて口《くち》籠《ごも》る八雲の頭上にけたたましい鳴き声を容赦なく降らせる。

鼻から腹の底へと息を深く吸い込むと、八雲は三人をしっかりと見据えて語り始めた。

「乱歩サンの仰《おつしや》る通りデス」

「それじゃあ、やっぱり」

言った敦に八雲がうなずく。

「ワタシはこの本のことを思い出しマシタ」

己が掌中にある本に手袋におおわれた指先で触れながら鏡花が問う。

「いつの事ですか？」

「むじなが化けた屋台の主人を倒すために、乱歩サンと共闘した時デス」

「なるほど……。だから〝視《み》えマシタ〟だったのですね」

ひとりごとをつぶやいた乱歩が小さく首を上下させた。

鏡花が八雲に問いを投げる。

「では雪のなかに放りだされた時には、巳之吉さんやお雪さんのことも予《あらかじ》めわかっていたんですね？」

「ハイ」

鏡花の問いに対する八雲の答えを聞いた乱歩が、肩をすくめる。そして、みずからの想《おも》いを仲間にぶつけた。

「ではどうして巳之吉さんの話を止めなかったんですか？　アナタが止めていれば、お雪さんはあんな姿にはならなかったし、あの夫婦は幸せでいられたはずです」

「ソノ通りだと思いマス」

八雲は毅《き》然《ぜん》とした態度で答えた。

「確かにワタシが巳之吉サンを止めれば、もしかしたらあの家族は平穏無事だったかも知れマセン。しかし……」

八雲が鼻から息を吸った。三人は黙って言葉を待つ。

「ワタシが書いたアノ話では、巳之吉さんは妻であるお雪サンに昔のことを語ってしまい……」

やはり妻を失うのデス、と言って八雲が右目だけで乱歩を凝視した。右の口角を挙げて皮肉な笑みを浮かべていた乱歩の喉《のど》が、ゴクリと小さく上下する。

「『食人鬼《じきにんき》』もそうデス。庵《いおり》の主は、村で死人を喰らう鬼となった姿を見られ、その無念ヲ語って庵ごと消えるのデス」

「僕たちが関わらずとも……」

「彼等の運命は変わりマセン」

鏡花のつぶやきに答えた八雲が続ける。

「『むじな』では娘に声をかけた若者が驚き、屋台の主人の顔を見てふたたび驚く」

「ワタクシと一緒ですね」

乱歩の言葉に八雲はうなずく。

「そうか」

敦は手を叩《たた》いて八雲を見た。

「僕たちは一度として登場人物たちの未来に影響を与えていないのですね」

「ハイ」

八雲は敦に答え、みずからの考えを述べる。

「ワタシが書いた筋書き通りの結末の最後に、倒せば浄化へと繋《つな》がる侵蝕者《しんしょくしゃ》が現れマシタ。だからきっと、お雪サンが雪女に変われば、侵蝕者となって……」

「浄化されると？」

マントの襟元の蝶《ちょう》の飾りを撫《な》でながら乱歩が言った。

鳴りやまない蝉しぐれを掻《か》き分けるようにして八雲は潜書してはじめてと言っていいほど饒舌《じょうぜつ》に語る。

「ワタシの推測通り、浄化は果たされマシタ。しかし先の二回と同じように、また別の場所へ飛ばされてしまいマシタ」

「ここがどこか、八雲さんはわかっているのですね？」

「勿論《もちろん》デス」

言って八雲はそれまでよりも真剣な面持ちになった。

「本には必ず筋書きがありマス。そしてそれは絶対に変えることが出来マセン。そして本のなかの住人は、みずからの運命が決まっていることを知らない」

八雲の言葉を受け、乱歩が悦に入るような笑みを浮かべて言葉を紡《つむ》ぐ。

「本のなかの住人は、誰かに読まれる度に同じ運命を繰り返す。幾度も幾度も……」

どれだけ悲しい結末であろうと、本のなかの住人は抗《あらが》うことが出来ない。読者がいる限り、何度も何度も悲劇は繰り返される。そして登場人物は時に殺され、時に殺し、ある者は捕えられ、ある者は泣き苦しむ。

幾度も……。

頁《ページ》が捲《めく》られる度に。

「ワタシたちは……」

八雲がふたたび語り出した。

「登場人物の運命を変えなかった。ソシテ三度《みたび》、新たな場所へ運ばれマシタ」

「なにか考えがあるようですね？」

異国から来た文豪の心のなかにある物を予見しているように、乱歩は悪戯《いたずら》な視線を八雲にむけて問う。

いつの間にか蟬の声が止んでいる。

蒸し暑い夕暮れの墓地を沈黙が支配した。

禍禍《まがまが》しい静寂を破ったのは八雲である。

「この場所では、登場人物の運命を変えてみマセンか？」

シルクハットを目深《まぶか》に被《かぶ》って口許《くちもと》だけを露《あら》わにして乱歩が口角を吊《つ》り上げる。

鏡花は澄んだ瞳《ひとみ》で八雲を見つめ、黙っていた。

「運命を変える……。そんなことができるんでしょうか？」

敦の問いに八雲がちいさく首を傾《かし》げた。

「わかりマセン。デスが、可能性はあると思うのデス。ワタシたちが庵に入らず、老僧に会わなかったら？　紀ノ国坂で乱歩サンが泣いている娘に声をかけなかったら？　巳之吉サンが昔のことを語るのをワタシが止めていたら？　侵蝕者たちは現れたのでショウか？」

傍らにある斜めに傾いた墓石に手を置いて体を支えた乱歩が、もう一方の手を顎にあてながら楽しそうに八雲に問うた。

「ワタクシたちが別の選択をしていたとしても、見えない力が働いて、老僧は鬼になり、泣いていた娘は顔の無い化け物としてワタクシたちの前に現れ、八雲さんが巳之吉さんの話を止めたとしても、けっきょく彼は無理矢理にでも妻のことを喋《しゃべ》ってしまった。ということも考えられますよ。侵蝕者は異物であるワタクシたちを排除したいでしょうからね」

「そこは大丈夫デス」

潜書してからずっと弱弱しかった八雲が、乱歩の反論にも毅然とした態度で言葉を重ねた。

「恐らくこの場所の侵蝕者たちは〝彼〟の運命を変えても現れるはずデス」

「彼とは？」

鏡花が静かに問う。

八雲は真剣な眼差《まなざ》しを会派筆頭にむけて、神妙に答えた。

「この場所で不幸になる人物デス」

紫眼の文豪はなおも三人に熱をもって語る。

「作品の流れを崩すことなく、ワタシたちがここにいてもいなくても、なにも変わらないということは、過去のワタシに現在のワタシが従っているということではありマセンか？　この世界の流れに従っている限り、ワタシは過去のワタシを越えられない」

「なるほど」

メガネを中指で上げながら敦が言葉を紡ぐ。

「本を書くという行いは、過去の自分を越えることなのかもしれません。前作よりも良い物を、今作よりも次作はもっと……。そうやって錬磨し続けたからこそ、僕たちはここに存在できているのかもしれませんね」

「ワタシの場合は少し違うかも知れマセン」

寂しそうに八雲がつぶやく。

「日本という国がワタシは好きデス。こんな素晴らしい国が東の果てにあることを、西洋の人々にも知ってもらいたかった。だからワタシはこの本を書きマシタ。泉サンたちのように作家として道を極めようと思っていたわけではないのデス」

「なにを言うんです」

鏡花が八雲に覇気のこもった声をぶつける。

「あなたは今、なんとおっしゃいましたか？　過去の私を越えると言ったではありませんか。八雲さん、あなたの心にも文豪としての矜持《きょうじ》がある。現世に転生できたことが、あなたが文豪である証《あかし》です。自信を持って良いのですよ」

「鏡花サン……」

忝《かたじけな》いと言って深々と頭を下げた八雲に、乱歩が優しく問いかける。

「まだ、アナタの推理を聞き終わっていませんよ」

八雲が顔を上げる。

「さぁ、聞かせてください」

「ハイ」

乱歩にむかって力強く首を上下させると、八雲はふたたび語り出した。

「過去のワタシが紡いだ運命に現在のワタシが逆らう。そうすればこの浄化と侵蝕の輪《りん》廻《ね》の輪は断ち切れるのではないかと思うのデス。すでに皆サンもワタシも限界が近い」

八雲の言葉通りだった。鏡花はお雪との戦いで傷つき、敦と乱歩はこれまでの侵蝕者との激闘ですでに限界近くまで体力と精神を消耗していた。

文豪たちは戦いによって侵蝕を受ける度に、手にしている本が黒く染まっていく。四人の本はすでに七割方染まってしまっていた。

「もう一度輪廻が続けば、ワタシたちは無事では済まないでショウ」

侵蝕を受け完全に本が黒く染まってしまった場合、文豪たちは絶筆となる。

絶筆してしまった文豪は……。

「死なば諸共という面子《めんつ》ではありませんね」

肩をすくめて乱歩が言ったのだが、笑う者は一人もいない。

張り詰めた状況に臆《おく》することなく八雲が語る。

「とにかくこの場所が最後の機会だと思うのデス。ならばこれまで試みなかったことをやってみた方が良いのではないでショウか？」

「少しだけお伺いしてもよろしいでしょうか？」

言って乱歩が右手を高々とかかげた。八雲が斜めになった墓のほうを見てうなずくと、奇術師然とした文豪はにこやかな表情で問いを投げる。

「この場所がどこか、八雲さんにははっきりとわかっているのですね？」

「ハイ」

「この場所で不幸に会う人物の運命を変える明確な行動を、アナタは知っていらっしゃるのですね？」

「ハイ」

「そうですか、わかりました」

純白のスーツに漆黒のマントを羽織った紳士は、両腕を左右に大きく広げながら、快活な声で言った。

「なかなか面白い推理だと思います。賭《か》けてみる価値はあるのではありませんか？」

左のレンズだけしかないメガネが鏡花にむいた。

「いいでしょう。それで駄目なら、どんな手段を使ってでも館長と連絡を取りましょう。あなたたちと心中するつもりはありませんからね」

「僕もまだまだ現世でやりたいことがあります」

敦が鏡花に言うと、乱歩がゆっくりと八雲のほうへと歩を進めた。

「どうやらここは寺のようですね」

「ハイ。本州の西の果て、長州赤間ヶ関の阿弥陀《あみだ》寺デス」

行きまショウと乱歩に言うと、八雲は先頭きって墓地を歩き始めた。その迷いのない足取りに、他の三人は無言のまま彼の背を追う。

墓のむこうに海が見えた。

いや川か。

川にしてはあまりに大きく、海にしてはあまりに狭かった。

小高い丘の上にある阿弥陀寺のすぐ下に広がる海は、ほどなく陸地にぶつかる。

「壇ノ浦はすぐソコなはずデス」

振り返らずに八雲が言った。

「なるほど。では、ここは下関ですね」

敦が言うと鏡花が海のむこうに見える陸地に目をやった。

「では、あれが九州ですね」

「さっきまでは吹雪舞う北国、いまは蟬しぐれが降り注ぐ本州の西の果て。なんという強行軍でしょうか」

言葉とは裏腹に乱歩が嬉《うれ》しそうにつぶやいた。

「壇ノ浦……。源平ですか」

鏡花が言った。

元暦《げんりやく》二(一一八五)年三月二十四日。

〝平家にあらずんば人にあらず〟

我が世の春を謳歌《おうか》していた平家が、源義経の軍勢により都を追われ、西へ西へと落延びこの本州の最果ての地、壇ノ浦で滅ぼされた。この時の戦いで平教経《たいらののりつね》、平知盛《とももり》ら平家の猛将だけでなく、平清盛の孫でありまだ八歳であった安徳天皇や清盛の妻、二位尼などの平家一族の者たちも次々と入水《じゅすい》し、果てたのである。

「そうデス。ここは平家滅亡の地……」

鏡花の言葉に答える八雲の声は、陰鬱《いんうつ》である。

皆の目が夕陽を受けて鈍い輝きを放つ瓦《かわら》屋根を見つけた。

本堂である。

寺の先に立派な神社が見えた。

「あれは？」

乱歩が社《やしろ》を見ながら問うと、八雲は淡々と答える。

「西門鎮守八幡宮《はちまんぐう》デス。阿弥陀寺はあの社の神宮寺なのデス」

神宮寺とは、明治の廃仏毀釈《はいぶつきしやく》までの神仏習合時代に、神社とともに作られていた寺のことである。

夜の八幡宮に人気はまったく無かった。

阿弥陀寺の本堂へと続く階《きざはし》の前に八雲が立つ。他の三人は背後に並ぶ。

香の匂いが障子戸の隙間《すきま》から漏れていた。読経《どきょう》の声も聞こえてくる。

「こんな真夜中にお勤めですか？」

「イイエ」

なかでなにが行われているのか八雲は知っているようだった。簡潔に乱歩の問いに答えると、白い鼻緒の草履を脱いで階に足をかける。

鏡花と敦は優雅な動きで細いブーツをするりと脱いだ。

「ちょ、ちょっと待ってくださいよ」

乱歩が靴紐《くつひも》に手間取っている。

「器用なあなたらしくないじゃないですか」

鏡花が言うと乱歩は溜息《ためいき》まじりに答える。

「散々、戦いましたからね。少し疲れて手元が言うことを聞いてくれないんですよ」

これまでの潜書で、たしかに乱歩が一番派手に戦っている。精神の消耗もかなりのものだった。

それぞれ思い思いの段に足をかけて止まったまま乱歩を待つ。

「障子戸を開いた瞬間、侵蝕者がドバーッ！なんてことはありませんよね？」

本堂から聞こえてくる読経の声を邪魔しないよう、敦は小声で八雲に問うた。

「大丈夫デス。十中八九、まだ侵蝕者は現れまセン」

「そうですか、だったら安心ですね」

いつの間にか靴を脱ぎ終えていた乱歩が、大股《おおまた》で三人を追い抜いて障子戸に手をかけた。そして両手で一気に左右に開く。

とつぜん現れた招かれざる来訪者に、中にいた坊主《ぼうず》たちがいっせいに動きを止めた。

「エー、どうも」

乱歩がシルクハットを脱ぎながら、険しい顔をした僧たちに頭を下げた。その顔が引きつっている。

なかの光景を見た鏡花と敦も驚きで体を硬直させていた。ただ一人、八雲だけが冷静に坊主たちを眺めている。

無理もない。

上座に鎮座する金色の阿弥陀如来《にょらい》像の前に一人の坊主頭の若者が、御仏《みほとけ》と対峙《たいじ》するようにして座っていた。数名の坊主が筆を手にして彼を囲んでいる。

坊主たちの輪から離れ、四人に一番近い場所に端坐《たんざ》するひときわきらびやかな法衣《ほうえ》を着た老僧が、どうやら外まで聞こえてきていた読経の主だと推察できた。

坊主たちは持っている筆で、若者の体に何かを書いていたようである。乱歩たちの登場によって、筆は止まっていた。

若者の体には……。

文字文字文字文字。

顔も背中も腕も足も、流麗な崩し文字でびっしりと埋め尽くされていた。

「何方《どなた》様かな？」

紫色の法衣に身を包んだ老僧が、四人の方を見ずに言った。重く沈んだその声には圧が満ち、突然の来訪者を見えない力で外に押し出そうしている。

「旅の者デス」

圧のこもった老僧の声とあまりにも奇妙な光景に圧倒されて言葉を失っている乱歩の横から飛び出した八雲が答えた。

「何用か？」

「芳一《ほういち》殿を救いに来マシタ」

「なんと！」

八雲の言葉に筆を持った僧たちが身を乗り出す。

全身に文字を書かれた若者が八雲の声を聞こうとしてわずかに振り返る。

彼は目を閉じていた。

八雲は知っている。

彼こと〝芳一〟が盲目であることを。

四人をいぶかしがる老僧の面前まで八雲は迫ると、よどみない口調で語り始めた。

「芳一サンの琵琶《びわ》の音色に惹《ひ》かれて幽世《かくりよ》より現れ出《い》でた平家の亡霊から、彼を守るために全身に経を書いているのデショウ？」

「な、何故《なにゆえ》それを」

「このままではいずれ芳一サンは亡霊たちに取り殺されてしまうのデショウ。今宵、彼を救うことは、ワタシたちにとっても重要なことなのデス」

「其方《そのほう》たちはいったい何者なのじゃ？」

「芳一サンを救うために顕現した御仏の化身デス」

「み、御仏の……」

老僧は言葉を失った。

八雲の背後で乱歩が噴き出しそうになるのをグッと堪《こら》えていた。

当の八雲はいっこうに悪びれていない。みずからの言葉に絶対の自信を持っている。

「問答を続けている暇はありマセン。亡者《もうじゃ》共が現れる前に、芳一サンの体に経を書き終えなければ」

八雲の指が筆を止めてこちらを見ている僧たちを指した。

「手が止まってイルッ！　キビキビ動ケッ！」

激しく肩を上下させた僧たちが、戸惑うように老僧を見る。住職は八雲たちから目を背け再び読経を始め、それを答えに代えた。

芳一の体へ経を書く作業が再開される。八雲は立ったままそれを見守った。三人の仲間たちも本堂の片隅で黙して待つ。

読経が止んだ。

僧侶《そうりょ》たちの筆が芳一の肌から離れる。

「終ったようですね」

乱歩が八雲に囁《ささや》くと、異国から来た文豪は大股で芳一へと歩み寄って、力強く突き立てた人差指で彼の耳を指した。

「忘れておられマスよ！」

奇妙な物言いに戸惑うよりも先に、僧侶たちはうろたえた。

「こ、こらっ！　早う芳一の耳に！」

住職の声に急《せ》かされるようにして、若い僧たちが芳一の耳に経を墨書する。空白無くびっしりと全身に経を書かれた芳一を確認してから、八雲は仲間たちを振り返り力強く笑う。

「これで彼の運命は変わりマシタ」

八雲が老僧に語る。

「もうすぐ夜が来マス。アナタたちは別の場所に隠れていて下サイ」

「其方《そなた》たちは如何《いかが》する？」

「ワタシたちは阿弥陀サマの裏に隠れ、亡霊の到来を待ちマス」

「ま、誠に芳一を御救いくだされるのか？」

「そのためにワタシたちはここにいマス」

「御頼み申しました」

深々と頭を下げた老僧に、八雲は毅然とうなずいた。

夜が来た……。

騒々しかった本堂には芳一の姿だけしかない。八雲たちは老僧に語った通り、金色の阿弥陀像の背後に隠れている。

開け放たれた本堂の戸の前に、芳一だけがひとり座っていた。

「いったいなにが始まるのです？」

密《ひそ》かに芳一をうかがいながら、乱歩が八雲に問う。すると紫色の瞳をした文豪は、月明かりに照らされた盲目の青年の背を見つつ答えた。

「平家の亡霊が芳一を呼びに来マス」

「輪廻を断ち切るにせよ、切れぬにせよ、これが最後の戦いになる。みんな気を引き締めてかかりましょう」

鏡花の声に敦と八雲がうなずく。

「あれはなんですか？」

ずれたメガネを直しながら敦が皆に言った。レンズ越しに彼の瞳が映していたのは、芳一の面前に現れた緑色をした火の玉だった。もちろん芳一には見えていない。

「芳一ぃ」

胴間声が火の玉から鳴った。芳一は指一本動かさない。なにがあっても動くな、声を出すな、と住職に命じられている。

「芳一はおるかぁ」

青年は答えない。すると火の玉が泡を噴きながら膨張しはじめた。それは次第に人の形を成してゆく。

現れたのは屈強な鎧《よろい》武者である。源平の頃の大鎧に身を包んだ武者の豪壮な兜《かぶと》の下には顔がなかった。

「どこじゃ芳一っ！　今宵も我が君が御呼びじゃっ！　御主の琵琶の音を御所望じゃっ！　出て来い芳一っ！」

兜の下の闇《やみ》から本堂を震わすほどの声がする。芳一の全身に書かれた経が、仄《ほの》かに輝いていた。

「本当ならば、住職たちは耳に経を書き忘れ、芳一は耳を失ってしまいマス」

「八雲さんが指摘したから、あの化け物は芳一さんを完全に見失っているんですね」

敦の声に八雲が微笑で答えた。

鏡花がすっと立ち上がる。

「そろそろでしょう？」

「ハイ」

八雲も続いた。

四人は阿弥陀像の裏から亡霊に姿を晒《さら》した。

すでに本は武器へと姿を変え、敦の髪はかき上げられている。

芳一の背後に現れた鏡花たちに鎧武者は機敏に反応した。

「誰じゃ！」

「あなたを退治しに来た者です」

鏡花が答え、横に並ぶ仲間たちに視線を送る。

まずは八雲。

「犬」

そして敦。

「雉《きじ》」

そして乱歩。

「猿」

「なっ！」

「そして僕は鬼退治の桃太郎です」

乱歩の声をあからさまに無視して言った鏡花が、芳一を越えて鎧武者へと走った。

「下郎がぁぁっ！　がッ！　が、が、が……。ガガガガガガ……」

吠《ほ》えた鎧武者が痙攣《けいれん》し始める。人玉は緑色であったのだが、今度は体から青色の炎が上がった。

かねてから予測していたことである。

鎧武者が侵蝕者に変じても、鏡花たちは動じなかった。

「者共、であえぇっ！　であえぇぇいっ！」

鎧武者が叫ぶと、階の下の境内に夥《おびただ》しい数の落ち武者の亡霊たちが姿を現す。大鎧の者だけではない。簡素な胴のみを着けた者や、裸同然で槍《やり》だけを持つ者もいる。その全《すべ》ての顔が闇であった。

先頭を駆けた鏡花の武器が鎧武者にむかって突き出される。

「ぬぅうんっ！」

腰に佩《は》いた太刀を引き抜いた鎧武者が乱暴に刃《やいば》を振り上げた。鏡花の武器はいともたやすく弾《はじ》かれる。しかし冷静な文豪はそれを見越していた。体ごと上方に打ち上げられたのを利用して、足を突き出し鎧武者の兜を蹴《け》り上げる。

もんどり打って鎧武者が階を転げ落ちた。

「御見事っ！」

とんぼを切って着地した鏡花の肩にそっと触れながら言った乱歩が、階を飛んだ。眼下に見える亡者の群れは、一人また一人と侵蝕者へと姿を変えていた。

「さぁここが正念場だっ！　行くぞっ！」

敦が腹の底から叫んで芳一の横を駆け抜け、そのまま本堂の床を蹴った。乱歩よりも高く飛んだ敦は、己を見上げる敵の群れを冷静に視界に収めた。

「消えろ……」

平然と語りかける敦の刀が閃《ひらめ》く。落下の勢いを刃に乗せ、敦は幾度も刀を閃かせた。敵の大海の只中《ただなか》に着地した銀髪の文豪の周囲で、洋墨《インク》の飛沫《しぶき》が天地真逆の滝のごとくに吹き上がる。

震えを必死に堪《こら》えている芳一の背に八雲の手が触れた。

「モウ大丈夫デス。何も恐れることはありマセン」

声を発してはならぬと命じられている芳一は小さく、本当に微かに礼をした。それを見ることなく八雲は開かれた障子戸へと悠然と歩む。

「ワタシもモウ大丈夫デス」

境内で戦う仲間たちに、届くはずもない言葉を投げかける。

鞭《むち》で板間を打つ。心地よい振動が、刃を煌《きら》めかせる相棒を伝って八雲の掌《て》を震わす。

「観念致せッ！　平家の亡者共ッ！」

階を駆け下りる。

最初に目に付いた敵に狙《ねら》いを定める。すでに亡者の形を成してはいない。両手に漆黒の手槍を持つ姿はアルケミストたちの間では〝聡彗《そうけい》の刃〟と呼ばれていた。

左右の手槍を振り回す敵の動きを、八雲の右目が冷静に捉《とら》える。

来る！

ふたつの槍が同時に八雲にむかって突き出された。

天高く鞭を放つ。

そしてそのまま振り下ろす。

ふたつの槍の間を八雲の鞭が駆け抜ける。

侵蝕者は真っ二つになった後、洋墨の飛沫となって消えた。

たかが一体……。

戦いはまだまだ始まったばかりだ。

遥《はる》か前方では鏡花が戦っていた。芳一を呼びに来た鎧武者と刃を交えている。敵の群れのなかにあって、鎧武者は肩より上が群れから飛び出ていた。しかもあの敵だけが、アルケミストが認識している侵蝕者に変貌《へんぼう》していない。

「皆サンッ！」

境内中に届けとばかりに八雲は叫ぶ。きっと乱歩と敦は聞いていると信じ、言葉を継いだ。

「鏡花サンの敵を全員で！」

最後まで言い終わらずに、八雲は鏡花にむかって走った。

邪魔する敵は、撓《しな》りながら舞う刃の牙《きば》によって屠《ほふ》られてゆく。

もはや八雲の瞳に迷いはなかった。

行く手の敵が弾ける。

「大丈夫か」

弾けた敵のむこうから敦が姿を現した。その姿は洋墨の飛沫を受けてなお、銀色に輝いている。

「あれがココの主デス」

「声を聞いてすぐにわかった」

言った敦が鏡花のほうを見て八雲に語る。

「行く……」

「ハイッ！」

白虎《びゃっこ》の刃と紫炎の鞭が蒼炎《そうえん》の化生《けしょう》どもを打ち砕き道を切り開いてゆく。

「オヤオヤ、奇遇ですね」

敦と八雲の前に立ちはだかる敵の頭を飛び越えながら乱歩が言った。その手に握られた黒蛇のごとき鞭が、着地と同時に敵の頭を砕く。

「さて鏡花さんはすぐそこです」

気楽な乱歩の声に、敦と八雲は苦笑いを浮かべながら顎を上下させた。

三人は一個の獣と化す。

敦の刀は銀色に輝く牙であり、八雲の鞭は四肢に備わる鋭利な爪《つめ》であり、乱歩の鞭は後背の敵を打ち払うしなやかな尻尾《しっぽ》であった。

三人が一糸乱れぬ動きを成して敵を屠ってゆく。彼等が駆け抜けた後には、洋墨で彩《いろど》られた漆黒の一本道が残されていた。

この一戦に残りの力を注ぐ……。

三人の、いや鏡花も含む四人すべての心は定まっていた。文豪たちの強固な精神と揺るぎない決意には、生半可な侵蝕者では抗することができない。

「鏡花サンッ！」

八雲が叫んだ。

三人と鏡花を隔てる者はいなくなっていた。

「さあ盛り上がってまいりましたっ！」

目を爛々《らんらん》と輝かせる乱歩が、鏡花の隣に立って鞭を構えた。

「一気に行くぞ」

青い焔《ほのお》を纏《まと》う鎧武者に切っ先をむけて敦が言う。

「この程度の敵でワタシたちを止めることが出来ると思うとは片腹痛いわ、デス！」

八雲が鞭で地面を叩く。

「さて……」

細い刃の鍔元《つばもと》から切っ先までゆっくりと撫でながら鏡花が鎧武者を睨《にら》む。

「多少手荒くとも片付けましょう」

四人を前に鎧武者が肩をいからせる。その瞬間、手にしていた太刀がブスブスと泡をたてて長さを変え、長大な薙刀《なぎなた》と化した。ブンッと音をたてながら、太刀と比べても遜《そん》色《しょく》のない薙刀の刃で虚空《こくう》を斬《き》る。

「命の要らぬ者からかかって参れっ！」

依然として周囲は侵蝕者たちに囲まれている。鎧武者だけに集中するわけにはいかない。

「ああ面倒ですねぇっ！」

乱歩が鞭を鎧武者にむかって放つ。払い落とさんと薙刀を振る敵の無防備になった右肩を狙い、敦が刀を構えて飛んだ。

「汚らわしい！」

叫んだ鏡花が鎧武者をにらんだまま、背後から襲いかかってきた自責の刃の攻撃を払う。隙が生じた自責の刃を無言の八雲の鞭がしたたかに打った。

その間にも乱歩と敦の戦いは続いている。

乱歩の鞭を払った薙刀が己の肩を狙う敦の刀を防ぐため翻《ひるがえ》ってせり上がる。

「遅い」

つぶやいたのは自責の刃を倒した鏡花であった。

乱歩も敦も布石である。

二人に集中している武者の鎧に包まれた腹を、鏡花の剣が貫いた。

か、に見えた。

「ぬはぁっ！」

敦の斬撃《ざんげき》を薙刀で阻《はば》んだまま、鎧武者が歓喜の声を上げた。それと同時に、腹の辺りの鎧が裂け、青色の野太い棘《とげ》が鏡花にむかって突き出される。

「くっ！」

鏡花の体のど真ん中を棘が貫く。

「鏡花サンッ！」

血相を変えて叫んだ八雲が、周囲の敵を鞭で打ち払いながら、鏡花へと走る。

「消えろ！」

目に怒りの焔を宿した敦が歯を食いしばる。銀色の炎が全身から噴き出す。それは敦の精神の光であった。

「おぉぉぉぉぉっ！」

敦の振るう刃が鋭さを増す。ひと振りひと振りの精度がこれまでとは段違いに増している。敦の視界に入った者は、瞬時にして洋墨の飛沫となって散ってゆく。

「大丈夫デスか」

八雲が鏡花に近寄る。

「なんとか無事です」

棘が触れる紙一重のところで、鏡花は体を思いきり横に傾けギリギリで躱《かわ》していた。しかし脇腹《わきばら》のあたりは削られて、衣がどす黒く染まっている。

「気分が悪くなってきました」

「軽口を叩けるのなら大丈夫デス」

笑う鏡花に言ってから、八雲は敦に翻弄《ほんろう》される武者に視線をむけた。

「もう終わりデス」

強固な意思を湛《たた》えた言葉を吐き、八雲が鎧武者に鞭を振るう。

「交代ですね」

八雲の動きを察知して、乱歩が軽快に周囲の侵蝕者の牽制《けんせい》へとむかう。

体の至る所に傷を負いながら、武者はなんとか敦を捕えようと薙刀を振るう。

「無駄だ」

敦が冷酷に笑う。

「ぬぅぅぅおぉぉぉぉっ！」

武者が叫んで薙刀を高々と掲げた。ふたたび泡となった得物《えもの》が、今度は巨大な錨《いかり》に変じる。

敦の動きを右目で冷静に追う八雲の鞭が、仲間の攻撃の間隙《かんげき》を縫って鎧武者の喉元に炸裂《さくれつ》した。

両腕で錨を振り回す敵がおおきく後ろに仰《の》け反《ぞ》ると同時に、敦が着地する。

「行けるか！」

「わかってます」

青ざめた顔で笑った鏡花が地を蹴った。

「小癪《こしゃく》な……」

体勢を整え錨を構えた鎧武者の闇を湛えた顔面に、鏡花の刀が突き立つ。

耳を劈《つんざ》く咆哮《ほうこう》が夜気を震わせた。

それでも鎧武者は止まらない。

最後の足掻《あが》きと言わんばかりに、鏡花の刃を振り払い、両腕で錨を振り回しながら三人を間合いの外に追い遣ろうとする。あまりにも乱暴な動きに、誰も近づけない。

鉄の塊が暴風となって、鎧武者の周囲で乱れ狂う。

鏡花がつぶやく。

「これでは埒《らち》が明きませんね」

「やるしかない」

刀の棟を撫でつつ言った敦が、鎧武者にむかって駆ける。

「中島サンッ」

一人で行かせはしないとばかりに、八雲も鞭を振るい走る。

いまも乱歩は単身、侵蝕者たちと戦っていた。三人を助けるような暇はない。

刃で錨を掻い潜《くぐ》ろうと、敦が刀を繰り出すが巨大な鋼鉄の塊はいっさいの攻撃を受け付けなかった。敦が呼吸をするために刀を止めた間隙を狙い、八雲が鞭を繰り出すが、やはり鎧武者に届きはしない。

「平家の落人《おちゅうど》か……」

二人の奮戦を見守りながら鏡花がささやく。その足がゆるりと動き、鎧武者へと歩を進める。

「さすがは天下を手中に収めた武の力……」

また一歩、近づく。

「だが……」

敵を見つめる鏡花の瞳に光が宿る。

地を蹴った。

「こんなところで止まる訳には行かないっ！」

叫んだ鏡花が華麗に宙を舞う。

狙うは鋼鉄の暴風の中心……。

鎧武者の頭上へと飛んだ鏡花は、落下の勢いを借り、敵の脳天目掛けて刀を振るう。

甲高い音が夜空に轟《とどろ》く。

鏡花の刀と鎧武者の兜が激突した。

鏡花の目には恐れも戸惑いもなかった。

兜が真っ二つに割れ、ざんばら髪が露わになる。

鎧武者が止まった。

鏡花は敵の眼前に静かに着地する。

額から血を流しながら、鎧武者が両手で錨を高々と掲げた。

「御見事……」

賛辞の言葉を吐き、鎧武者は仁王立ちの格好のまま後ろに倒れた。そしてそのまま蒼《あお》い火柱となり塵《ちり》と化す。

乱歩が鞭を止めた。

鎧武者の崩壊に呼応するように侵蝕者たちも炎となって消えた。

「終わりましたね」

言った乱歩の目が闇を凝視した。

土気色をした顔の年老いた尼が立っている。その腕にはおかっぱ頭の童《わらべ》を抱いていた。

四人は得物を本に戻し、尼を見る。

「妾《わらわ》はただ帝《みかど》に芳一の琵琶の音色を聴かせてやりたかっただけ……。何故このような仕打ちを受けなければならぬのか」

消え入りそうな声で恨み言を述べる尼に、八雲が告げる。

「芳一は生者デス。冥府《めいふ》には連れて行けぬのデス」

「生者……。ふふっ」

尼は笑うと童を見た。

「まだやるつもりですか？」

言った乱歩が尼にむかって鞭を構える。傍らに立つ八雲が右手を挙げて、それを制した。

「大丈夫デス。彼女は襲って来マセン」

異国から来た文豪の穏やかな声を聞き、尼が童の耳元に紅色の唇を近づける。

「参りましょう……」

童がうなずく。

すると尼は四人に背を向けた。

彼女の周囲の闇が濃くなってゆく。

小さな背中の輪郭が次第に曖昧《あいまい》になり、尼の姿が透けはじめる。

黙して見守る四人の前で、尼と童は闇と同化し、最後には見えなくなった。

「ありがとうございます」

「わぁっ！」

いつの間にか芳一が本堂から抜け出し四人の背後に立っていた。メガネをかけた姿に戻っていた敦が、驚いて声をあげる。

盲目の琵琶法師が深々と頭を下げた。

「皆様のおかげで、助かりました」

頭を下げる芳一の顔には、しっかりと耳が付いている。

「無事で良かったデス」

八雲がしみじみとつぶやく。鏡花も目を閉じうなずいた。

「これで終わったんでしょうか？」

敦が誰にともなく問う。

「さぁ、どうでしょうね」

乱歩が答えてシルクハットに手をやった。

「このまま無事に終われば、図書館に戻れるでしょう。しかしそうじゃなければ……」

「そうじゃなければ？」

「また初めからです」

予測していた答えであるが、言葉にされるとやはり重いのであろう。敦が堅く目を閉じ、押し黙った。

「なにはともあれ、芳一さんは救われた」

鏡花が言って、盲目の若者を見る。

芳一は見えぬはずの四人にむかって、手を合わせていた。

「御仏の化身であらせられる皆様方の事、一生忘れません」

禿頭《とくとう》の青年の頭上に一条の光が射《さ》す。

左だけの片メガネを、指で上げつつ乱歩が照れくさそうに言った。

「まぁ、こう言われると悪い気はしませんね」

「素直じゃないんですから」

「ワタクシはいつも素直ですよ」

「そんなこと誰も思ってません」

笑って言った敦に視線を送り肩をすくめてから、乱歩は光に包まれ真っ白に染まった空を見上げた。

「さて、今度こそ終われば良いのですが」

溜息混じりに言った乱歩の言葉とともに、四人は眩《まばゆ》い光に包まれた。

*

「浄化完了……。です」

秋声の声が重い。

無理もなかった。

これでまた侵蝕《しんしょく》が始まれば、撤退指示を出すことになっている。通常の手順での撤退が阻まれているため、館長は図書館に蓄積されたあらゆる技術を総動員して、無理矢理にでも四人を現世《うつしょ》に呼び戻すつもりだ。

たとえ鏡花たちの精神が異常を来《きた》すとしても……。

「どうだ？」

『怪談』を凝視したまま館長は問う。

秋声は答えない。

本当に浄化が完了していれば、四人は本から戻ってくる。

秋声は通信装置にむかって口を開いた。

「鏡花、聞こえるかい？」

依然として聞こえて来るのは、砂嵐《すなあらし》のような音だけ。

「浄化は完了したんだろ？　だったら聞こえているはずだ」

砂嵐……。

秋声が叫ぶ。

「答えろ、鏡花っ！　なんとか言えっ！　言ってくれ！」

震える秋声の肩に館長が触れる。

「頭を冷やせ。俺たちが我を失えば、潜書している泉たちはどうなる？　現世に残った者はどんな時でも冷静な判断を常とし、潜書した仲間をサポートするんだ」

「くっ……」

秋声が歯を食いしばる。

「鏡花たちは戻ってきません」

それがなにを意味しているのか、言葉を発した秋声には十分すぎるくらいわかっている。浄化が完了している今、無事に鏡花たちが戻ってこないということは、ふたたび侵蝕がはじまる可能性があるのだ。

黙ったまま館長は本を見つめている。その姿に秋声の焦《あせ》りがいっそう募ってゆく。

「どうしますか？　さっきの言葉通り、鏡花たちを……」

真っ当な手順によって行われる撤退ではない。戻ってきた四人の精神が無事だという保証はどこにもなかった。

「いったいどんな方法で鏡花たちを戻すつもりなんですか？」

「方法はある……。いくつかな」

「それはいったい……」

「そのなかでも一番、安全な方法を選ぶつもりだ。心配するな、泉たちが危険にさらされるようなことはしない。帝國図書館の館長として誓う」

断言した館長の声は精彩を欠いている。不安なのだ。

『怪談』は依然、沈黙を保っている。鏡花たちが戻ってくる気配はなかった。

「秋声」

館長が本を見て言った。

ふたたび『怪談』に染《し》みが浮かぶ。それはこれまで以上に激しい侵蝕だった。瞬《またた》く間にすべての頁が真っ黒に染まる。

「館長っ！」

秋声が叫ぶ。

撤退指示を急かしている。

館長がうなずく。

その時だ。

「き…えますか鏡花です。……聞こえますか」

通信装置のむこうから鏡花の声がし、二人は振り返った。秋声が装置に飛び付く。

「鏡花かっ！」

「秋声ですか？」

「そうだ！　大丈夫か！」

「やっと、辿《たど》り着い……」

ふたたび砂嵐が二人の間に立ちはだかる。

「今のは？」

秋声が館長に問う。

館長が四角い顎《あご》を左右に振る。

「どうしますか？」

秋声に問われながら館長は漆黒に染まった『怪談』をにらむ。

「泉は〝やっと辿り着いた〟と言ったな」

「はい。そう聞こえました」

鏡花たちはどこに辿り着いたというのか。

考えられるのはただひとつ。

心に浮かんだ想《おも》いを秋声は口にできない。

「彼等は〝核心〟に辿り着いたんだ」

秋声の想いを代弁するように、館長がつぶやく。

「信じてみよう」

「しかしっ！」

「三十分だ。三十分を過ぎて何の変化も見られなかった時、図書館の総力を挙げて強制撤退を決行する」

言い切った館長に、秋声は詰め寄る。

「もう鏡花たちの精神は限界が近いはずです。これ以上の潜書は危険だと僕は思います！」

「わかっている」

館長の目は砂嵐の雑音だけを送りつづける通信装置にむけられている。

「だが……」

そこまで口にして館長は歯を食いしばった。硬く結ばれた唇のなかで、奥歯がぎりりと鳴る音が聞こえる。

鼻から大きく息を吸い、腹に一度溜めてからゆっくりと吐いた館長が、振り返って秋声を見た。

「ここで彼等を図書館に戻せば、すべてが降り出しに戻る。二度も文豪たちを窮地に追い込むことはできない」

「鏡花たちは仕方が無いと言うのですか？」

「そうは言っていない」

激しく首を左右に振ってから、館長が諭すように続ける。

「浄化の可能性が見えたんだ。彼等を信じて任せてみたいんだ。責任は俺が取る」

砂嵐の音だけが聞こえる室内で、二人はしばし睨み合う。

目を逸《そ》らしたのは秋声であった。

瞼《まぶた》を閉じ、深い溜息を吐く。

「そこまで館長が言うのなら、僕も鏡花たちを信じます」

「ありがとう」

「礼は戻ってきた皆に言ってください」
うなずいた館長は、もうひと言も発しなかった。

「耳なし芳一」　了

終章

白い……。

白い白い白い。

どこまでも白い。

聞こえない。

なにも聞こえない。

八雲は白色の天地の狭間《はざま》に立っていた。

光と呼べる物はなにもない。だから影も生まれない。純白の地平に立つ八雲の足元には朧《おぼろ》な影すらなかった。

「どうやらあなたの推理は正しかったようだ」

かたわらに立つ乱歩が言った。

鏡花も敦もいる。四人とも傷だらけだったはずなのに、潜書した時と寸分違わぬ清廉《せいれん》な姿に戻っていた。傷とともに侵蝕《しんしょく》を受け黒く染まっていた本も、印刷所から上がってきたばかりの真っ新な新刊だと言えるほど、汚れひとつない状態だった。

「ここはどこなんでしょう？」

不安そうに本に触れながら敦が皆に問う。

答えられる者は一人もいなかった。

「歩きますか？」

両の掌《てのひら》をひらりと天にむけて、乱歩が言った。鏡花が横目で奇術師然とした文豪を見ながら問う。

「どこに行くのです？」

「とにかく適当に」

答えた乱歩が眼前の空を指さす。

四方何《いず》れも白色の世界が広がっているばかり。地と呼べる物も先に行けば行くほどあやふやで、はるかむこうは天と交わり溶けてなくなってしまっている。

「もしかして」

恐る恐る敦が口を開いた。

「潜書によって見たどんな場所とも違います。ここはひょっとして……」

「そうですね」

鏡花が敦の言を肯定するようにうなずき、続けた。

「僕たちはたしかに芳一さんを救いました。八雲さんの本が守られたことに疑いの余地はありません」

「だとしたら、また新たな場所ではないのですか？」

問うた乱歩の目が八雲にむく。みずからに投げかけられた問いであることを悟った異国から来た文豪は、黙ったまま首を左右に振った。

「こんな場所を舞台にした話はありマセン」

これみよがしに鼻から息を吐いた乱歩の左だけのレンズが鏡花にむく。

「図書館との交信は？」

「駄目です」

「ワタクシの推理を御披露してもよろしいでしょうか？」

鏡花が敦と八雲に視線をおくった。二人は無言のままうなずき、承服の意を表す。すると鏡花は乱歩に目を戻し、わずかにうなずいてうながした。

奇術師然とした文豪は、黒いマントで己が体を包みながら語る。

「八雲さんの推理が正しく無事に浄化が完了したと考えますと、本当ならワタクシたちはすでに図書館に戻っているはずです。しかし依然としてワタクシたちは訳のわからない場所にいる。そしてここは八雲さんの話を信じるならば、本のなかでもないらしい」

だったら、と言って乱歩が手袋に包まれた人差指を顔の前に突き出し、三人の前に立った。

「ここは本と図書館の境界なのではないでしょうか」

「本と図書館の境界？」

眉《まゆ》をしかめた鏡花が問う。すると乱歩は、そうですと答えて両腕を広げた。

「うつし世はゆめ、よるの夢こそまこと……」

乱歩は声高らかに言った。そして饒舌《じょうぜつ》に続ける。

「浄化は済んでいながら、図書館にも戻れていないということは、それしか考えられないのではないでしょうか？　なんらかの手違いで、図書館へと戻る途中で、ワタクシたちは別の空間に飛ばされてしまったのです」

「あのぉ……」

「はい、中島君」

手を上げた敦を、まるで小学校の先生のように得意げに乱歩が指さす。すると、おどおどしながら敦が語りだした。

「乱歩さんが仰《おっしゃ》ることは解《わか》るのですが、それでは、この場所がいったいなんなのか根本的な説明にはなっていません」

「ですから、本と図書館の境界に存在する空間だと言っているじゃないですか」

「それはわかりました。乱歩さんが仰るとおり、ここが本と図書館の境界の場所としましょう。で、僕たちはこの場所でいったいなにをすればいいんですか？　どうやったら、この場所から抜け出せるんですか？」

「中島さんの言う通りです」

　鏡花が言葉を継ぐ。

「取りあえず、あなたの言う通りだとしましょう。その場合、僕たちはどうなってしまうんですか？　潜書中は浄化という目的がありました。今回のように侵蝕がどれだけ繰り返されようと、浄化という目的に変わりはありません。しかしあなたが言うように、ここが本のなかではなかったとしたら、僕たちはいったいどうやって、ここから抜け出せるというんですか」

「さぁ、そこまでは考えていません。これから皆さんで考えましょう」

　厳しい目で乱歩を射抜きながら、鏡花が冷徹な言葉を浴びせかける。

「ここがあなたの推測通りの場所だとは限りません。予断と推測によって導き出された答えに寄りかかって、道を誤るのは賢明ではありません。幸い、この場所に来てから、まだなにひとつ危害を加えられていないのです」

「だからといってなんの策もなく、じっとしている訳にもいかないでしょう？」

「皆サン」

　八雲の声が言い合う二人を止める。焔《ほのお》が舞い上がる羽織の背を、三人がいっせいに見つめる。

　八雲は白色の虚《こ》空《くう》の一点をただ見つめていた。

「どうしたんですか、八雲さん？」

敦が問うても、振り返ろうともしない。そんな八雲の姿を三人は不審に思う。

「ここはまだ、ワタシの本のなかデス」

「こういう所があるのでしたら、先に言ってくれれば良かったではありませんか」

「ワタシの本のなかにいることはたしかデスが、こんな場所を書いた覚えはありマセン」

言った八雲が、純白の地に一歩踏み出す。

「皆サン、こっちデス」

「なにか見つけたんですか？」

鏡花が問う。敦は目を細めて、八雲が歩き出した先を凝視している。口許《くちもと》に笑みをたたえた乱歩の目も敦同様、虚空を見つめていた。

しかし誰の目にも、なにも見えなかった。白色の天と白色の地が胡乱《うろん》なまま混じり合う、純白の空間が広がっているだけだ。

それでも八雲は、なにかに導かれるように、進んでゆく。他の三人は互いの顔を見遣《みや》り、どうするかと無言のうちに問うたが、腹を決めた鏡花が八雲の後を追うと、乱歩と敦もそれに続いた。

どれほど歩いても、いっこうに先が見えない。歩いても歩いても白色の世界。己が真《ま》っ直《す》ぐ進んでいるのかさえわからなくなってくるようだった。

八雲はひたすら前に歩む。

「本当にこれで間違いないんですか？」

痺《しび》れを切らした敦が無言の背中に問う。

「大丈夫デス」

簡潔に答えた八雲の足は止まらない。

「本当にここは『怪談』のなかなんでしょうね？」

今度は乱歩だった。

「ハイ」

「証拠はあるんですか？」

「アリマセン」

「えっ！」

乱歩と敦が同時に言った。鏡花だけは黙ったまま紫色の羽織を追う。八雲を信じると決意した鏡花の足に迷いはなかった。

呆《あき》れ顔で乱歩が問う。

「証拠もないのに、こんなに歩いて大丈夫なんですか？」

「大丈夫デス。ワタシにはわかりマス」

「なにを知ってるんですか？」

「ここには〝彼〟がいマス」

「彼とは？」

敦が問うたのと、八雲が立ち止まったのは同時だった。

「ホラ、あそこ」

八雲が指さした先に、黒い物がある。

影だ。

「人……ですか？」

つぶやいた乱歩をそのままにして、鏡花が八雲をうながし先に進む。敦もそれに続く。

「やれやれ……」

溜息《ためいき》まじりに言った乱歩も、三人を追った。

「えっ」

黒い影に近付いた敦が叫んだ。遠くから見た時は黒一色だったそれは、明瞭《めいりょう》な実像を持って四人の前に立っていた。

八雲だ……。

「あ、あれは誰ですか？」

眼前に現れた新たな八雲を唖《あ》然《ぜん》とした顔で見つめたまま、敦が誰にともなく問う。

「八雲さんです」

動揺した様子もなく鏡花が掌で顔を覆《おお》った。指の隙間《すきま》から新たな八雲を凝視しつつ、口を閉ざす。

三人とともに戦ってきた八雲が一歩踏み出した。

「八雲さん」

乱歩が呼び止めるが、答えずに八雲は新たな八雲にむかって歩みを進める。

「推理が外れたようですね」

鏡花は乱歩に語りかける。マントを纏《まと》った文豪は、無言のまま一歩一歩踏みしめるように己に近付いてゆく仲間の背中を見つめていた。

「八雲さんが言う通り、僕たちはまだ彼の本のなかにいるようです」

「ワタクシは自分の推理を披露したまでのこと。この本の著者であり『怪談』のことを思い出している八雲さんが、ここは本のなかだと断言した時に、綺麗《きれい》さっぱり取り下げたつもりですよ」

「そうですか」

「はい、だから反論をしなかった」

顎《あご》を突き出して笑う乱歩をひと目見てから、鏡花は新たに現れた八雲へと視線をむける。

手を伸ばせば触れられるところまでもう一人の自分に近付くと、共に戦ってきた八雲は歩みを止めた。すると新たに現れた八雲が歪《いびつ》なまでに口を吊《つ》り上げて笑う。

「待っていマシタよ」

もう一人の自分に語りかけた、四人の前に立つ八雲の白目が深紅に染まった。

「侵蝕者っ！」

敦が本を構え、臨戦態勢を取ろうとする。

「待って下サイッ！」

歪な笑みを浮かべる己を見つめたまま、八雲が背後の敦たちを制した。

「ココはワタシに任せて下サイ」

くれませんか？という頼みではない。邪魔をするなと断言したのだ。八雲の悲愴《ひそう》をも滲《にじ》ませる超然とした態度に、仲間たちは刃《やいば》を納めた。

「気を付けてください、八雲さん」

「かたじけないデス」

背後に聞こえる鏡花の言葉に礼を言いながら、八雲はもう一人の自分の前に立った。

「アナタがこの本を侵蝕している根源なのデスね？」

紅《あか》い目をした八雲は笑ったまま答えない。

「答えて下サイ。アナタはすべての話に触手を広げていこうとしマシタね。そんなことができるのは、この本に宿るワタシの心自体を依代《よりしろ》にしているから。そういうことなのデスね？」

「だったらどうだと言うんデス？」

侵蝕された八雲の心が両手を広げて笑う。

「ワタシを殺して本を浄化しマスか？　アナタにそれができるのデスか？　ワタシはアナタ、アナタはワタシ。ワタシを殺すということは、アナタ自身を殺すということ」

言った八雲の心の体から青い炎が巻き起こり、文字の断片が周囲を舞い出した。

「八雲さん」

侵蝕者の様相を呈してきたもう一人の八雲を警戒して、乱歩が呼ぶ。しかし八雲はただひたすら、もう一人の己と向き合う。

青い炎に包まれた八雲が悲痛な顔をして語る。

「ワタシは何故《なぜ》、日本人に生まれなかったのデスか？　どうして日本人は、ワタシを受け入れてくれないのデスか？」

「日本の人々は親切で、いつもワタシに優しくしてくれマス」

「否《いな》ッ！」

青い炎を撒《ま》き散らしながら、もう一人の八雲が激しく首を左右に振る。

「日本のことを好きでいてくれる物好きな異国人。ワタシをにこやかに見つめる人々の瞳《ひとみ》の奥には、常にそんな心根が見え隠れしていマス。気付いていないとは言わせマセンよ」

　無言のまま八雲は聞いている。

「どれだけワタシが日本人になりたいと思っても、生まれた国は変えることが出来マセン。どれだけ努力しても、言葉のクセは抜けマセン。心は常に日本にあり続けているのに、ワタシの体はどうして異国人なのデス！　どうしてアナタは……」

　怨嗟《えんさ》に満ちた紅の瞳が、八雲に殺気を突き付ける。

「すべてを受け入れているのデスッ！　何故もっと心を開けと日本人タチに言わないのデスッ！」

　突き出した右手の袖口《そでぐち》から漢字の欠片《かけら》の形をした刃がいくつも飛び出し、その切っ先が喉元《のどもと》で止まった。少しでも侵蝕された八雲が腕を前に出せば、八雲の柔らかい喉は貫かれてしまう。

　そんな状況でも八雲はいっさい抵抗しようとはしない。

「何故だっ！　何故、抗《あらが》わないのデスッ！」

「アナタはワタシ。先刻、アナタがそう言ったではないデスか」

　言った八雲の手から本が落ちる。それは己自身とも呼べるこの世でもっとも大切な物だ。

両手をゆるやかに開き、八雲はもう一人の自分に語りかける。

「心を開きなさいと命じられて、心底から心を許す者など、何処《どこ》にもいマセン。ワタシはたしかに異国人デス。日本の人たちは、そんなワタシをやはり異国の人間として扱いマス。アナタが言う通り、どれだけ日本を愛し、日本人の心を理解しようと、ワタシは異国の人間であり、日本の人は異国人だと見ていマス」

しかし、と言って八雲はもう一人の自分に一歩近づいた。刃の切っ先が喉に触れている。少し頭を傾けただけでも刺さりそうだ。

「それは当たり前デス。どう頑張ってもワタシは日本人にはなれマセン。心の何処かでは、アナタが言ったように思っているのデショウ。アナタはワタシなのデスから。暗い情念を抱えているのもワタシ。日本人になれぬ異国人もワタシ。そしてどんなことがあっても、日本という国と、その美しい風土のなかで生きる人々が」

八雲が笑う。

「大好きデス」

青い焔が揺れた。

喉に突き立てていた刃をだらりと垂らし、もう一人の八雲が震えだした。

異国から来た文豪は己の闇《やみ》をやさしく両手に抱く。

「大丈夫デス。ワタシはアナタを裏切りマセン」

「ウアァァァァァァッ！」

八雲に抱きしめられたまま、もう一人の彼が天にむかって吠えた。ぱっくりと開いた口から洋墨《インク》の塊が吐き出された。

「中島さんっ！」

鏡花の声に機敏に反応した敦が、髪をかき上げ飛んだ。

洋墨の塊が髑髏《どくろ》の形になろうとした刹那《せつな》、敦が繰り出した冷酷な刃が真っ二つに斬《き》り裂いた。

「ワタシは……。アナタで……。良かった……」

八雲に抱きしめられた『怪談』に宿った八雲の魂は、最後にそうつぶやいて光となって散った。

残された八雲は、一度天を仰ぎ、なにかに小さくうなずいてから、背後の仲間たちへと振り返った。

「ありがとうございマス」

光……。

夜は明けた。

二十日後。

「ぶふっ！」

敦が盛大に茶を吹きだした。

洋卓《テーブル》を挟んで対面して座る乱歩が、胸のポケットからハンカチを取り出して濡《ぬ》れた頬を拭《ふ》く。その顔は上機嫌だった。

帝國図書館の食堂内である。

昼下がりの柔らかい日差しが降り注ぐ円卓に、四人の文豪が揃《そろ》っていた。敦と乱歩、そして秋声と八雲である。

舌を露《あら》わにしながら肩で息をする敦を、秋声と八雲も口許に微笑をたたえて見守っていた。

「なんてことするんですか！」

「御存知ありませんか？　これはセンブリという植物をたっぷりと入れた、名付けて乱歩特製「健康になるお茶」です。吐き出すなんてもったいないですよ、中島さん」

「呑《の》めた代物《しろもの》じゃないですよ！」

「そうですか？」

「そうですよ！　乱歩さんは自分で呑んだんですか？」

「そんな物呑まなくてもワタクシはいたって健康ですから」

「僕も健康ですよ！」

「もう一杯いかがですか？」

乱歩が敦の前まで腕を伸ばすと、どこから取り出したのか新たな茶碗《ちゃわん》に満たされた健康になるお茶が現れた。

「いりませんよ」

涙目で敦が答える。

二人のやりとりを穏やかに見つめていた秋声が、背板に体を預けながら口を開いた。

「一時はどうなるかと思ったが、みんな健康そうでよかったよ」

「そうですよね？　僕は健康そうに見えますよね？　こんなお茶なんか必要ないですよね？」

乱歩の悪戯《いたずら》がよほど気に喰わないのか、敦がしつこく秋声に問う。黒い髪をした努力家の文豪は、醒《さ》めた目で銀髪の青年を見つめる。

「他愛もない悪戯に腹を立てることができるのも、こうして無事に戻って来ることができたからじゃないか」

「他愛もない悪戯じゃないですよ。悪意百パーセント、悪質で悪辣《あくらつ》で悪逆非道な悪戯です」

「ワタクシはただアナタに健康になっていただきたかっただけなんですよ？」

「その物言いが悪辣なんですっ！」

「ワタシは止めたんデスよ。でも、乱歩サンがやるって言って聞かなかったのデス」

許して下サイね、と言って八雲が手を合わせながら舌を出す。

「無理矢理にでも止めてくださいよ」

「ワタシも少し、見てみたかったのデスよ」

「八雲さんっ」

敦ににらまれた八雲は、陽気に笑った。もうすっかり、潜書の影響はなくなっている。

「今日もにぎやかですね」

四人のかたわらに鏡花が立っていた。ちょうど己の背後に位置していた鏡花を、秋声が見上げる。

「会派筆頭様のお出ましだ」

「秋声、あなた少しは兄弟子に敬意を払おうという気はないのですか？」

しばし鏡花と睨《にら》み合った秋声は、目を伏せ席を立つ。

「どうぞ」

「いえ大丈夫です」

隣の席から椅子《いす》をひとつ取って、鏡花は敦と八雲の間に座った。ぶっきらぼうな兄弟子の態度に溜息をひとつ吐いてから、秋声はもとの椅子に大人しく腰を据える。五人は『怪談』の一件でともに戦った間柄だ。このまま席を立って去るほど、子供ではなかった。

「なにを言い争っていたんですか？」

鏡花が敦に問う。

「聞いてくださいよ、鏡花さん」

「それよりも、鏡花さん」

敦の言葉を遮りながら、乱歩が敦の前にあった誰も手を付けていないお茶を鏡花の前に滑らせる。

「何故だかひとつ余ってしまったのです。よかったらどうぞ」

にこやかに乱歩が勧める。鏡花は疑わしそうな視線で彼を見つめた。

乱歩は動じない。

満面の笑みでお茶を勧める。

「鏡花さん」

心配そうに敦が声をかけるのを、乱歩が咎《とが》めるような視線で制する。

四人の不審な動きに当然、なにかあると鏡花は気付いた。だが強気な気性の彼は、平然と茶碗を手にする。

「では、いただきましょう」

言って洋卓から浮かせる。

乱歩は笑みを崩さず見守っていた。

敦は忙《せわ》しなく瞳を左右に揺らしながらおろおろしている。

鏡花を見つめる八雲の目がキラキラと輝いていた。どんな反応を示すのか楽しみでしかたない様子である。

秋声は口許をかすかに上げて、どこか楽し気だ。

ためらう素振りをいっさい見せず、鏡花が茶碗の縁に唇をつけた。

ゆるやかな丸みをもった鏡花の喉仏が、ゆっくりと上下する。

一度。

二度。

三度……。

鏡花は静かに茶碗を置いた。並々と注がれていたお茶は一滴も残っていない。

あんぐりと口を開けて呆然《ぼうぜん》としていた敦が、虚《うつ》ろな声で問う。

「な、なんともなかったんですか？」

「なんの事です？」

「い、いやいや……」

鏡花は我慢しているようにも見えなかった。どうして敦はそんなに驚いているのかと、不審に思っている。

「あの、乱歩さん？」

敦がシルクハットの下で苦笑を浮かべる乱歩を見る。

「アナタに差し上げたお茶となにも変わりませんよ」

それを聞いて敦がふたたび鏡花を見た。

「苦くありませんでしたか？」

顎に手をやり斜め上方を見ながら、鏡花が味を思い出すようにして答えた。

「たしかに苦味は強かったですが、美味《おい》しいお茶でした。いつもここで出されるお茶よりも僕は、今のお茶の方が好みかも知れません」

「えぇっ！」

泣きそうな顔で乱歩と鏡花を交互に見遣る敦が、まだ中程まで残るみずからのお茶を見下ろした。

「本当にそんなに苦くなかったですか？」

「中島さん、僕は飲まないほうが良いと思うよ」

丸メガネの青年の心を読んだ秋声が、たしなめる。

「ワタシもそう思いマス」

八雲が口許を緩めながら敦に告げる。

「なにをそんなにうろたえているんですか、中島さん？」

「本当に美味しかったんですね？」

鏡花がためらいなくうなずいた。

敦が茶碗を手に取る。

乱歩は悪戯な笑みを浮かべて黙っていた。

茶碗が傾く。

「やっぱり苦いじゃないですか！」

テーブルに置いた茶碗から、乱歩特製「健康になるお茶」が零《こぼ》れる。

「きっ、汚いですよ、中島さんっ！」

鏡花が責める。

「す、すみません」

「ハハハハハハハハ」

泣き顔で謝る敦を見て、八雲が声を上げて笑い出した。

「酷《ひど》いですよ、八雲さん。そんなに笑わないでくださいよ」

「申し訳ありマセン。でもついつい……」

弓形になった右目に涙が見える。

「エー、どうも八雲さんのお気に召したみたいですね」

手袋の指先をいじりながら、満足そうに乱歩が言った。

「本当にワタシは幸せ者デス」

涙をぬぐい、八雲が四人を見渡した。

陽光に照らされる窓外の景色を見つめる秋声。

咳《せ》き込みながら苦しむ敦。

どこから出したのかわからぬトランプのカードをもてあそぶ乱歩。

清冽《せいれつ》ななかにも温《ぬく》もりのある瞳で八雲を見つめる鏡花。

「この国に出会えて良かった」

「夢は……」

鏡花が語りかける。

「悪い夢は見なくなりましたか？」

「皆サンの御《お》蔭《かげ》で……」

八雲は肩をすくめる。

「昨晩は墓場で妖《あやかし》たちの宴《うたげ》に参加する夢を見マシタ」

「悪夢じゃないですか」

敦の声に首を左右に振る。

「こんなに楽しい夢はありマセン」

四人が目を見合わす。

八雲は頭を下げた。

「本当に、本当にありがとうございマシタ」

顔を上げて、嬉《うれ》しそうに笑った。

「ワタシはもう大丈夫デス」

鏡花は目を閉じ、噛《か》み締めるようにつぶやく。

「浄化完了」

本書は「文豪とアルケミスト」（©ＤＭＭ　ＧＡＭＥＳ）の世界観、キャラクター設定及びゲーム上の用語についてＤＭＭ　ＧＡＭＥＳの監修を受け、新潮文庫のために書き下ろされた。

上田和夫訳
小泉八雲集

明治の日本に失われつつある古く美しく霊的なものを求めつづけた小泉八雲（ラフカディオ・ハーン）の鋭い洞察と情緒に満ちた一巻。

中島　敦著
李陵・山月記

幼時よりの漢学の素養と西欧文学への傾倒が結実した芸術性の高い作品群。中国古典に取材した4編は、夭折した著者の代表作である。

泉　鏡花著
歌行燈・高野聖

淫心を抱いて近づく男を畜生に変えてしまう美女に出会った、高野の旅僧の幻想的な物語「高野聖」等、独特な旋律が奏でる鏡花の世界。

泉　鏡花著
婦　系　図

『湯島の白梅』で有名なお蔦と早瀬主税の悲恋物語と、それに端を発する主税の復讐譚を軸に、細やかに描かれる女性たちの深き情け。

江戸川乱歩著
江戸川乱歩傑作選

日本における本格探偵小説の確立者乱歩の処女作「二銭銅貨」をはじめ、その独特の美学によって支えられた初期の代表作9編を収める。

江戸川乱歩著
江戸川乱歩名作選

謎に満ちた探偵作家大江春泥——その影を追いはじめた私は。ミステリ史に名を刻む「陰獣」ほか大乱歩の魔力を体感できる全七編。

江戸川乱歩著

怪人二十面相

―私立探偵 明智小五郎―

時を同じくして生まれた二人の天才、稀代の探偵・明智小五郎と大怪盗「怪人二十面相」。劇的トリックの空中戦、ここに始まる！

江戸川乱歩著

少年探偵団

―私立探偵 明智小五郎―

女児を次々と攫う「黒い魔物」vs.少年探偵団の血沸き肉躍る奇策！ 日本探偵小説史上最高の天才対決を追った傑作シリーズ第二弾。

江戸川乱歩著

妖怪博士

―私立探偵 明智小五郎―

不気味な老人の行く手に佇む一軒の洋館に、縛られた美少女。その屋敷に足を踏み入れたとき、世にも美しき復讐劇の幕が上がる！

河端ジュン一著

顔のない天才 文豪とアルケミスト ノベライズ

―case 芥川龍之介―

自著『地獄変』へ潜書することになった芥川龍之介に突きつけられた己の〝罪〟とは。「文豪とアルケミスト」公式ノベライズ第一弾。

矢野 隆著

凜と咲きて

―花の剣士 凜―

芸妓に身をやつす孤高の剣客・凜。宿敵への憎悪に燃える彼女が本当の強さに目覚めるとき、圧倒的感動が襲う。桜花爛漫の時代小説。

小野不由美著

残穢

山本周五郎賞受賞

何かが畳を擦る音、いるはずのない赤ん坊の泣き声……。転居先で起きる怪異に潜む因縁とは。戦慄のドキュメンタリー・ホラー長編。

新潮文庫最新刊

藤井太洋著

ワン・モア・ヌーク

爆発は3月11日午前零時——オリンピックを控えた東京を核テロの恐怖が襲う。放射能汚染の差別と偽善を暴く110時間のサスペンス。

乾　緑郎著

機巧のイヴ
—帝都浪漫篇—

美しき機巧人形《オートマタ》・伊武《イヴ》が、浪漫の花咲く1918年を駆け抜ける。魂と愛の根源を問う、日本SF小説史に残る傑作シリーズ、第三弾。

伊与原　新著

青ノ果テ
—花巻農芸高校地学部の夏—

僕たちは本当のことなんて1ミリも知らなかった——。東京から来た謎の転校生との自転車旅。東北の風景に青春を描くロードノベル。

吉野万理子著

トリカブトの花言葉を教えて

星哉は年上の西条さんに片想い中。でも彼女は最近、誰かに殺意を抱いているようだ——。恋と復讐が渦巻くロマンチック・ミステリ。

矢野　隆著

不終《おわらず》の怪談　文豪とアルケミスト ノベライズ
—case 小泉八雲—

自著『怪談』に潜書した小泉八雲は終わりの見えない怪異へと巻き込まれていく。「文豪とアルケミスト」公式ノベライズ第二弾。

池波正太郎・藤沢周平
滝口康彦・山本周五郎著
永井路子
縄田一男 編

絆を紡ぐ
—人情時代小説傑作選—

何のために生きるのか。その時、女は美しく輝く——。降りかかる困難に屈せず生き抜いた女たちを描く、感奮の傑作小説5編を収録。

イラスト　DMM GAMES
デザイン　新潮社装幀室

不終《おわらず》の怪談《かいだん》　文豪《ぶんごう》とアルケミスト ノベライズ
case 小泉八雲

新潮文庫　ん-2-5

令和二年二月一日発行

著者　矢《や》野《の》隆《たかし》
発行者　佐藤隆信
発行所　株式会社新潮社
郵便番号　一六二―八七一一
東京都新宿区矢来町七一
電話　編集部(〇三)三二六六―五四四〇
　　　読者係(〇三)三二六六―五一一一
https://www.shinchosha.co.jp

価格はカバーに表示してあります。

印刷・錦明印刷株式会社　製本・錦明印刷株式会社

ISBN978-4-10-180183-4　C0193